小学館文庫

私が愛した余命探偵

長月天音

小学館

目次
Contents

私が愛した余命探偵

プロローグ

背中の痛みに目が覚めた。

ようやく眠ったと思ったのに、まださほど時間は経っていない。

病室は薄暗く、深夜だろうと真っ暗になることはない。横に置かれた機械の電源ランプがやけに眩しいし、カーテン越しに外の明るさが届いている。

月でも出ているのか、深い青色の夜だ。目が慣れてくると、吊り下げられたカーテンの襞も、天井の模様もぼんやりと判別できる。

ふと思う。もしも死んでしまったら、何も見えない真っ暗闇がやってくるのだろうか。

少しの先も見えないような真っ暗闇なんて、これまで一度も経験したことはない。

月明かりに星明かり、雨夜の街灯の明かり、神社を包み込む鬱蒼とした鎮守の森の常夜灯。僕の暗闇には、これまで必ず小さな明かりがあった。

悪性の腫瘍が見つかった時も、絶望の淵に叩き落とされた僕のすぐ横には希望の明かりがあった。二葉、僕の妻だ。

二葉はただ隣に寄り添って、僕の運命を一緒に受け入れてくれた。一人ぼっちじゃないと思わせてくれた。それだけで幸せだった。

そんな彼女のことを思うと、いつも胸が締めつけられる。

鈍い痛みが、背中から腰のあたりまで脈拍のように強弱をつけて広がっていく。体を丸めたいけれど、お腹に繋がったドレーンが邪魔をする。僕はおよそ半年もの間、やわらかいチューブでベッドに縛りつけられている。

二葉。

会いたいなぁと、数時間前まで横の椅子に座っていた妻の顔を思い浮かべた。

二葉は毎晩、面会時間が終わると、電車を乗り継いで僕らの家へと帰っていく。大変な思いをさせてごめん、と僕の胸はまた苦しくなる。

まさか結婚して十年も経たずに、夫がこんなことになるなんて想像もしなかったはずだ。

二葉の悲しむ顔は見たくない。だから必死に笑顔を思い浮かべる。

いつもむすっとしているくせに、僕の前では笑ってくれる二葉。

その努力が痛々しくもあり、同時に、可愛らしくてたまらない。

二葉とは長年通っていた洋菓子店で出会った。

僕が大学生になって一人暮らしを始めた西荻窪のアパートのすぐ近所に、一軒の洋菓子店があった。

改装したばかりの真新しい店構えに似合わない「コイズミ洋菓子店」という昔ながらの店名は、一度見ただけで記憶にすっかり刻み込まれた。

僕は毎朝甘い香りで目を覚ました。洋菓子店はずいぶん早起きらしい。開店時間までにショーケースをいっぱいにするほどのケーキを用意するには、早朝から仕事を始めないととても間に合わないのだろう。

朝の街は、いつもコイズミ洋菓子店の甘い、甘い匂いがした。バターとミルクと玉子の優しい香りは、きっと誰にとっても懐かしいと感じるはずで、僕は自然と母親のことを思い出していた。

小学生の頃に交通事故で死んでしまった母親は、よくバターたっぷりのパウンドケーキやふわっとしたチーズケーキ、クッキーなんかを焼いてくれた。食いしん坊で、僕のためというよりも自分が食べたいから焼いているような人だった。そんな母親と食べるお菓子はいつもとろけるように美味しかった。

僕は甘い匂いに誘われるようにコイズミ洋菓子店に通うようになり、いつしかすっかり常連客になっていた。

そこには店を継いだばかりのパティシエがいた。

年齢を訊くと、僕よりもおよそひとまわり年上の三十歳。一見クールで落ち着いて見えるけど、接客はたどたどしく、店の主にしては頼りない人だった。

一年前まで神戸のパティスリーで働いていた彼は、コイズミ洋菓子店の創業者である父親が倒れたため急遽東京へ戻り、店を継ぐことを決めたという。好きなようにやれという遺言に従い、三か月間店を閉めて改装工事を行い、リニューアルオープンしたのは僕が西荻窪の住人となる二か月前のことだった。

新たな決意を胸に改装したものの、神戸の生活が長かった小泉シェフは、常連客はおろか東京に暮らす人々の好みもわからず、かなり苦戦しているとため息をついた。そんなことまで出会ったばかりの僕に打ち明けるくらいだから、その時のシェフは相当心細い思いをしていたのだと思う。

その上、先代が亡くなってからというもの、それまで売場を担当していた母親までが寝込んでしまい、不慣れな接客をもしなくてはならないというのも悩みのようだっしかしこの匂いは、夫にとって拷問でしかない。

河合一星。現在の五人部屋で、もっとも長く入院している患者が私の夫である。

病室の入口のプレートを見て、名前とベッドの位置を確認した。

この病院は患者の入れ替わりが激しく、時にはベッドの場所が移動していることもあり、毎回の確認が必須となる。カーテンを開けたら他人がいたなんてシャレにもならない。

食事時は配膳がしやすいように、どの入院患者もベッド周りのカーテンを開け放っている。同室の患者は主に消化器系のガンの手術を受けた人々だ。すっかり顔なじみになったおじさんたちが「お疲れさん」と声を掛けてくれるたびに何やら気恥ずかしくなる。

目指す最奥のベッドは、そこだけ切り離されたようにしっかりとカーテンが巡らされていた。

私はいつものように窓側からカーテンに入り込んだ。ベッドは人の形に膨らんでいるが、ピクリとも動かない。

「寝ているの？」

いささか心配になって声をかけると、もぞもぞと上掛けが動いて、「やぁ」と寝ぼけたような顔が覗いた。穏やかな表情。これが本来の一星の姿だ。

「起こした？」

「いや、寝てない。寝たフリをしていただけ」

寝たフリは、最近になって一星が身につけた体力を温存する技である。

まるで二か月前の自殺騒動が嘘のように、今ではすっかり病室になじんでいる。

いっこうに病状は好転しなくても、変わらぬ日常が人を慣れさせる。それが当たり前になっていく。私は日々病院に通い、できる限り一緒に過ごして、夫の気を紛らわせようと努めてきた。

スチール椅子を引き寄せて座ると、一星は手を伸ばして私の長い髪に触れた。

「冷たい」

「強烈な寒波が来ているんだって。ほら、クリスマス寒波っていうやつ」

「もうすぐクリスマスか……」

私の髪から離れた手首は握り潰せそうなほどに細い。あまりの痛々しさに、私はそっと目を逸らした。

秋の初めの手術以来、ずっと禁食を強いられてきた一星にとって、三度の食事は何よりもつらい時間だ。

個室にでも入ることができればいいのだろうが、私たちの懐事情では差額ベッド代などとうてい捻出できるはずもなく、夫はからっぽの胃袋を宥(なだ)めながら、間近での食事の気配に耐えている。

一星の病気は、後腹膜脂肪肉腫(こうふくまくしぼうにくしゅ)という。

主治医の柳原(やなぎはら)先生によれば、手術で肉腫を切除するのがもっとも効果的な治療法とのことだが、再発し、手術を繰り返すたびに夫の体はダメージを受けていく。ただ、日々研究は進んでいるから、手術での根治を目指しながら、効果的な治療法が確立するのを待つしかないという。

私たちにとって手術は時間稼ぎだ。しかし、それもそろそろ限界だという予感がある。今回の腸の炎症で、まざまざとそのことを突きつけられた。

最初は聞いたこともない病名にただぽかんとし、先生の言葉に従っていれば治るものと気楽に考えていた。けれど再発と手術を繰り返すたびに、まるでデジャブのように同じ説明を聞かされる私は、次第に事の深刻さを理解していった。

しかし、なってしまったものは仕方がない。

どうして自分たちがという気持ちはもちろんある。でも、私も一星も世に多くの理不尽があることもよくわかっていた。あとはどう二人で乗り越えていくかだけだった。

そこへきて今回の長期入院である。

これは肉腫とはまた別の問題で、いわば摘出手術の後遺症のようなものだ。とにかく炎症を起こした小腸の穴が塞がるまで食事ができない。つまり退院もできないのだ。同じ時期に手術を受けた患者は次々に退院していき、今では一星がすっかり病室の最古参である。とはいえ、周りは高齢者ばかりだから、三十代の夫はいたく回復が早そうに見えるらしい。入院してきた老人に羨まれながらも、数週間後には退院していく彼らを見送るという日常は、一星にとってかなりのストレスらしく、今ではあまり同室の患者と関わらないようにしている。

「おおい、河合さん、終わったよ」

隣のベッドの相田(あいだ)さんが、今夜も全員の食事の終了を教えてくれた。

面倒見がよく、根っからの話好きで、カーテン越しにしょっちゅう話しかけてくるのだ。

「一星、せっかく教えてくれたんだから、返事くらいしてよ」

そうでないと、毎晩顔を合わせる私が気まずい。

「相田さんは気にしないよ。それに僕はおとなしくしているって決めたんだ。あんな事件の張本人だもの」

自殺未遂事件のことだ。あれ以来看護師さんたちは、明らかに一星に注意を払っている。心配な患者と厄介な患者は表裏一体だ。

私は呆れてため息をもらした。

「……どうなることかと思ったけど、落ち着いてよかった」

「今の僕は仙人の心境だよ。っていうか、いつの間にか空腹が当たり前になって、感覚が麻痺しちゃった」

それだけでなく、輸液で補われる最低限のカロリーに体のほうも対応しはじめたのかもしれない。痩せていくのはどうしようもないが、それでも心身ともに追い込まれたあの時よりはずいぶんましだ。ただ、一星の精神状態が微妙なバランスの上に成り立っていることも忘れてはならない。

本人も自覚しているようで、「省エネモード」などと茶化して私の前では明るく振る舞い、私も夫の気を紛らわそうと色々な話をするようになった。

特に一星が聞きたがるのはコイズミ洋菓子店の話だ。

「二葉、いい退屈しのぎを思いついたんだ」

ある時、一星が言った。

「コイズミ洋菓子店にはいろんなお客さんが来るよね。中にはちょっと変わった人もいて、思いがけない出来事があったりする。そういう話を聞かせてよ。二葉がいない間、僕がじっくり考えていられるような謎めいた話がいい」

きっと日中の一星は暇を持て余しているのだろう。ずっとそばにいてあげたいが、私も仕事をしなくては生活がままならない。それに毎日お客さんの相手をしていると、何かと問題に出くわすことも確かだった。

こうして、病室のカーテンの中でちょっとした謎を解き明かすことが、私たちのささやかな楽しみとなった。


忙しいクリスマスを乗り越えた十二月二十六日。ありがたいことにコイズミ洋菓子店は定休日だった。シェフたちパティシエは、思う存分睡眠を貪っているに違いない。

私は面会時間の始まる午後一時きっかりに夫の病室を訪れていた。

自然光のもとで会う一星は、夜の薄暗いカーテンの中よりずっと顔色がよく見える。

「今日はどんな話？」

目の下まで上掛けを引き上げたままの一星が言った。

先ほどまで昼食時間だった病室には、まだかすかに煮物のような匂いが漂っていた。

「現在進行形の謎」

もったいぶって言うと、一星は上掛けから抜け出て「シェフは元気？」と訊いてきた。早く聞きたい、でも聞くのがもったいない、そんな様子が面白い。

「元気よ。クリスマス期間は忙しさで逆にハイテンションだった。たぶん二日は寝ていなかったんじゃないかな」

「あの人でもハイテンションになるの？　そろそろ彼女でもできた？」

学生時代、コイズミ洋菓子店でアルバイトをしていた一星は、およそひとまわり年上の小泉悟シェフとも親しく、まるで兄弟のように仲がいい。

「無理だよ。早朝から夜中まで厨房に籠もっているんだもん。絶対に無理。何よりも極度の人見知りだからね」

「困ったなぁ」

一星が眉を下げて笑う。先月四十三歳になったシェフは独身で、浮いた話のひとつも聞いたことがない。

シェフはひょろりと背が高く、一見クールな印象を受けるが、頭の中ではお菓子のことしか考えていない。外見と内面のギャップの大きいつかみどころのない人だ。心底お菓子作りが好きで、定休日まで店の厨房で試作に励んでいる。

人見知りは子供の頃の吃音が原因だと言うが、今ではほとんど誰も気づかない。

しかし、幼い頃に染みついた感情は、そう簡単に拭い去れるものではないと私もよくわかっている。

採用面接の時、シェフは私に言った。自分はお客さんの相手が苦手だから、売場のことはすべて任せたいと。

前任の売場スタッフが突然辞めることになり、シェフも困っていたらしい。面接にきたはずが、「ぜひここで働いてほしい」と逆に懇願され、地味な私にこんなに可愛らしい店で接客などできるだろうかと不安だったけれど、つい「わかりました」と引き受けてしまったのだ。

私も転職先を見つけねばと焦っていたから、お互いにとってちょうどよいタイミングだった。そういう経緯もあり、店の制服ではなく黒いワンピースで仕事をすることを認めてもらえたのである。

あれから八年。シェフは今も一日の大半を厨房に籠もって過ごしている。

売場スタッフは私一人。忙しい時は二人のパティシエが厨房から出てきて手伝ってくれるが、シェフは厨房から動かない。それでは新しい出会いなどあるはずがない。顔だけ見れば十分モテそうだし、無愛想な私よりもよほど女性客受けがよさそうなのだが。

スは彼らには不評で、ハロウィンの時期には仮装をしなくても「魔女だ」と指を差される。

「一人でお買い物にきたの？」

彼女は固い顔つきでコクンと頷いた。

「お使いを頼まれたの？　えらいね。おうちは近く？」

彼女はもう一度コクンと頷くと、小さな手で横を示した。

どうやら近所らしい。店の前の通りは西荻窪駅まで続いていて、大通りではないが交通量が多い。しかし歩道にはガードレールも設置されているから、そう危険はないはずだ。

一人で店に入る度胸はあるくせに、彼女は黙りこんだままだった。

「ケーキを買いにきたの？　それともお菓子？　お友達へのクリスマスプレゼントかな」

私なりの精いっぱいの愛想笑いも、彼女には通じなかった。

はっきり言うと子供は苦手だ。甘池さんに任せるべきだったと後悔したが、彼女は商品補充のためにバックヤードに行っている。途方に暮れてもう一度訊ねた。

「何がほしいの？」

彼女はショーケースを睨みつけるようにして黙っている。

私は小さくため息をついた。

普段は母親とでもケーキを買いにきているのだろうか。

「もしかして、内緒でママへのクリスマスプレゼントを買いにきたの？」

思いつきで言ってみると、ピクリと彼女の肩が反応した。

私は彼女と並んでショーケースに向き合うと、端からひとつずつケーキを指さしていった。しかし、彼女はどのケーキを見ても眉ひとつ動かさない。

ケーキでなければ焼き菓子だろうか。確かにクッキーやパイのほうが、子供のお小遣いで気軽に買うことができる。

私は小さな彼女のために、棚の商品をひとつずつ手に取って見せていった。

クッキー類、無反応。マドレーヌ、違う。フィナンシェ、違う。パイも、いくつものフレーバーのあるパウンドケーキも、チョコレートも、フロランタンも、キャラメルも、すべての商品を示しても彼女は首を振るばかりだった。

「いったい何をお探しですか？」

もう一度しゃがみ込んで、彼女の顔を覗き込んだ。

「……ない」

彼女は小さく呟いた。

「え？」

「……におい」

「におい？」

彼女は口を堅く結んでいた。

「においがない……」

「匂い？」

「そう、匂い。小さい子の言うことだから要領がつかめないんだけどね」

「ふうん」

一星はしばし考え込むと、おもむろに私の手を引き寄せて「はい」と小銭を握らせた。

「いきなりどうしたの」

「ちょっと休憩しようか。自動販売機でココアを買っておいでよ」

「一星は飲めないじゃない」

「二葉が飲むの」

強引にカーテンから追い出され、私は渋々ロビーの自販機に向かった。

ボタンを押すとシロップとお湯が抽出されて、紙コップの中で混じり合うタイプのものだ。これまでの入院中もココアはよく買ったが、禁食が続く今回はまだ一度も買って いなかった。

「わぁ、いい匂いだなぁ」

一星の目が輝いた。あれだけお菓子が大好きだったのに、食事を禁じられた一星は甘い飲み物さえずっと我慢している。だから私もコイズミの話以外では食べ物の話はしないし、一星の前ではお茶すら飲まない。

「こんなものが目の前にあって大丈夫？」

「大丈夫ではないけど、必要なんだ。もう三か月もお菓子なんて食べていない。甘い匂いを思い出さないと、その子の探し物がわかる気がしない」

一星は私にココアを飲むように促すが、こうじっとりと見つめられては飲みづらい。

「そういえば、コイズミ洋菓子店ってどんな匂いがするのかな。毎日いると、すっかり慣れちゃって意外とわからないんだよね」

「二葉からはいつも甘い匂いがするよ」

「ケーキ屋さんだからね」

しかも私は、少しでも一緒にいる時間を長くしたくて制服替わりのワンピースのまま病院に通っている。服にも髪にも店の匂いが染みついているのだろう。

入した。

ここに綴(つづ)られているのは日記ではなく、これまでに私が食べてきたケーキの記録だ。

調理師学校に入学するため、大嫌いな故郷から東京に出てきたものの、私はやっぱり孤独なままだった。狭い田舎でさえ友達もいなかった私が、環境が変わったからとそう簡単に新しい友達を作れるはずもない。

知らない街、初めての場所、よそよそしい人々。孤独だったけれど、故郷よりはずっとマシだった。誰も私のことを知らない街で、私は顔を上げて歩くことができた。

そんな時、立ち寄ったデパ地下で出会ったのが華やかなケーキの数々だった。

ショーケースの中の色とりどりのケーキは、それぞれが見事な個性を発揮し、照明を浴びて眩しく輝いていた。

当時の私にとって、ケーキは安い買い物ではなかったけれど、千円足らずで手に入る幸せがあることを教えてくれた。私はすっかりケーキに夢中になった。

以来、私は休みになるとパティスリーを巡り、気に入った一個を買い求めるようになった。

日記帳は、それを記録するためのものだった。

ケーキの名前、購入先、価格、構造、そして味わった感想。製菓専攻ではなかったけれど、調理師学校に通う私には、それらを事細かに記すことができた。

一星とはケーキをきっかけに付き合い始めたから、すぐにこの日記帳を見せた。

詳細なイラストや説明に一星は目を丸くし、「これからは、二人でもっともっと記録を増やしていこうよ」と嬉しそうに言ってくれた。

一緒に暮らすようになり、実際にケーキの記録はどんどん増えていった。

休みの日はパティスリーやカフェを巡り、もちろんコイズミのケーキもすべて記録した。この速度なら分厚い日記帳もあっという間に二冊目が必要になるね、などと二人で笑い合った。

しかし、結婚して六年目となる今も、日記帳は一冊目の途中だ。

でも、ここには過去に私が見てきたコイズミ洋菓子店のすべてのケーキが記されている。何かヒントがあるかもしれない。

毎年のことながら、クリスマスが終わってもコイズミ洋菓子店の忙しさは続いていた。

年末年始のご挨拶用にと、焼き菓子のギフトが飛ぶように売れる。

クリスマス期間、ケーキのデコレーションに追われたパティシエたちは、今度は焼き菓子の製造に追われていた。生地を仕込み、寝かせ、焼成し、さらにパッケージす私は「明けまして……」と言いかけて口をつぐんだ。病院で新年を迎えるこの状況が、果たしておめでたいことなのかわからない。

「おめでとうでいいよ」

眠そうな目で一星が笑った。「ごめんね、去年は大変な年だったよね」

「何言っているの。今年は挽回（ばんかい）するよ」

私も笑いながらスチール椅子を引き寄せる。正直に言うと、一星の病気が見つかってから大変でない年なんてなかったのだけど、それを言っても仕方がない。こうして一緒にいられるだけで幸せだと、私はもう十分にわかっている。

「どうしたの？　眠っていたの？」

私を見ればベッドを起こす一星が、今日はまだ省エネモードのままだ。

「うん。寝ていた。ちょっと疲れちゃってね」

語尾はそのまま大きなあくびに紛れた。昼間、診察や検査でベッドを離れた日はこんなふうにとろとろと微睡（まどろ）んでいる時があるが、さすがに元日から検査もないはずだ。

私の心配を察したように、一星は視線を上げて横の床頭台を示した。見慣れないペットボトルの水が五本並んでいる。

「お父さん、来てくれたの？」

「うん。三時頃だったかな」

お父さんは、一星が生まれ育った横浜の家で新しい家族と暮らしている。忙しい人だけれど、月に何度か週末の昼間に面会に訪れる。コイズミの定休日以外、夜だけ訪れる私とはほとんど会う機会がない。

「お正月だもんね」

「元日に来るなんて不意打ちだったよ。最近は来ていなかったから、さすがに悪いと思ったのかな」

やつれた頰に笑みを張りつけた一星は、いかにも疲れて見えた。

お父さんは三十代前半で妻に先立たれ、一人息子を男手ひとつで育てることになった。働き盛りの世代にとって、小学三年生の息子と二人だけの暮らしはどれだけ大変だっただろうか。

大学進学のために一星が実家を出ると、ほどなくして彼は会社の部下と再婚した。かねてから付き合いはあったものの、息子に気を遣っていたのだろう。今では二人の子供を授かり、すっかり新しい家庭が築かれている。

それでも一星が一人暮らしを始めた当初は心配して、バイト先のコイズミ洋菓子店まで度々会いにきたと言うから、前妻の面影を残した一星のこともよほど可愛がっていたのだろう。

その愛情は今も変わりないが、二人の関係は私から見るとどこかぎこちなく思える。

お父さんからすれば一星を差し置いて新しい家族と幸せに暮らすことが後ろめたく、一星にしてみればようやく穏やかな暮らしを手に入れた父親を自分の病気で煩わせたくない、そんな彼らの気持ちが、横から眺める私にははっきりと感じられる。

「どう？　お父さん、元気だった？」

私はわざと軽い調子で訊ねた。

「元気だったよ。そうだ、二葉。下の引き出しを開けてみて」

一星は床頭台を示した。お腹にチューブが入っているため、かがむことができない。

引き出しの中には、青いリボンのかかった白い小箱が置かれていた。

「親父（おやじ）が、二葉にって」

そんな気遣いはやめてほしいと思いながらリボンをほどく。

「わぁ……」

私はさも感激した声を上げて、繊細な星のチャームがついたネックレスをつまみ上げた。

「好みに合わなかったら申し訳ないって言っていたけど、どう？」

もちろん嬉しい。嬉しいけれど、複雑な思いが胸の中にこみ上げてくる。

「星がついている」

「本当だ」

「あっ、もしかして、一星の名前にかけた？」

「親父ならやりそう」

「素敵。ありがとう」

私がネックレスを着けてみせると、一星はほっとしたように微笑んだ。

「僕がこんなじゃなければ、ちゃんと二葉に似合うのを選んであげられるんだけどさ」

私はお父さんの気遣いをぎゅっと握りしめた。

クリスマスもお正月も、夫婦で過ごすことのできない私を憐(あわ)れんでくれたのだ。何事もなければ、私たちだって華やかな街に出て、お互いのプレゼントを選び合っただろう。お父さんは妻と相談しながらこのネックレスを選んだかもしれない。そんな仲睦(なかむつ)まじい姿を想像すると嫉妬(しっと)まで感じて、ますますやりきれない思いになった。どうして素直に嬉しいと思えないのか、ひねくれた心が悲しかった。

「……お父さん、気を回しすぎだよ」

「親父の気持ちだからもらっておいてよ。まぁ、一応家族なんだしさ」

一星はこういう時だけ「家族」を方便にする。

そこで私は、彼は必ず一人で病院を訪れることを思い出した。

「お父さん、お正月早々、家族はよかったの？」

子供は二人ともまだ小学生だったはずだ。

「みんなで横浜からドライブ。親父以外は明治神宮で初詣だってさ。夕方、迎えにいって一緒に帰るって言っていたよ。あのウチ、仲がいいからね。弟は出店が楽しみなんだ。親父が笑って教えてくれた」

柔和な顔をさらにとろけさせたお父さんの顔を思い浮かべた。

「出店はワクワクするからね。弟……翔太くんは何が好きなの」

「綿あめだよ。子供ってさ、綿あめが大好きだよね。単なる砂糖なのにね」

一星が目を細めた。いつもニコニコしている一星は、年の離れた妹と弟にもすっかり懐かれている。病気になってからはほとんど会っていないが、実家に行くと私にまで纏わりついてくる可愛い子供たちだった。

「綿あめかぁ」

私は現実を追い払うよう、遠い記憶に思いを馳せた。

「私もお祭りのたびに買ってもらっていたな。絶対に家では作れないもん。あれを食べながら夜店を回るのが、非日常感たっぷりでワクワクしたんだよね」

田舎町の子供は、暗くなってから家を出ることなんてめったになかったから、お祭りの時だけが特別だった。いつもは森閑として近寄りがたい境内が、この時だけはたくさんの人で賑わう。参道には出店が立ち並び、古びた本殿は、無数に吊り下げられた提灯の明かりで幻想的に浮かび上がっていた。夜遊びしても咎められることなく、おばあちゃんがくれたお小遣いで自由に欲しいものを買うことができた。

「僕もよく買ってもらっていた。儚いよねぇ、綿あめって。すうっとした甘さも、ほわっとなくなっちゃう感じも。あんなに大きいのに、まるで体の中に消えちゃうみたいだ」

そうかもしれない。お祭りの夜が終われば、翌日は普段どおり嫌々小学校に行き、神社は何事もなかったかのようにひっそりと佇んでいた。綿あめはまるで儚い一夜の象徴のようなお菓子だ。

一星は思い出したように私のほうに顔を向けた。

「ところで、あの子は来てくれた？」

肝心なことをすっかり忘れていた。

今日も探し物は見つからなかったと話すと、一星は顎に手を当てて首をかしげた。

「お正月向けのお菓子でもなかったか……。ところで、今日はどんな匂いが漂っていたの？」

「チョコレート。宗方さんがガトーショコラを焼いていたから」

「僕の好物だ。カカオ分の高いクーベルチュールチョコレートに洋酒が効いた大人向けの味。だけどチョコの匂いはありきたりだよね。なにせチョコ系のお菓子は多いもの」

　では、ありきたりでない匂いとは何だろう。

「印象的な匂いはどうかな。ほら、シェフって時々、強烈な新商品を出すじゃない。覚えている？　ゴルゴンゾーラのチーズケーキ」

　これまで私たちが食べたコイズミのケーキは、私の日記帳でおさらいしている。

「あったね、ボージョレ・ヌーボー解禁に合わせて作ったけど、香りが強烈すぎて一日で姿を消した幻のケーキだ」

　あれは失敗だった。ワインに合うケーキを追求しすぎて、シェフはクリームチーズに対してかなりの量のブルーチーズを投入し、テリーヌのように濃厚なケーキに仕上げたのだ。

　正確には一日ではなく、数時間でショーケースから姿を消した。店に入ってきた客から「変なニオイがする」と苦情が出たからだ。

せっかくの新作は閉店後にスタッフでいただいた。シェフを気の毒に思った宗方さんが買ってきた赤ワインとのマリアージュは最高だった。

「着眼点はいいけど、それはないよ。だってあのケーキを買ったお客さんは一人もいないもの。ましてや小さな子供がブルーチーズの匂いを探すなんて考えにくい」

「そっか。でもね、一星。お正月が終われば次はバレンタイン。ますますコイズミはチョコの匂い一色になるよ」

一星が真剣な表情になった。

「どうしたの？　一星」

「季節やイベントによって、ずいぶん商品ラインナップが変わる……」

「そりゃそうよ。ケーキに季節感は重要。ましてやシェフは新作を作るのが大好きだしね」

そこで彼女が「楽しいお菓子」と言っていたことを思い出した。楽しいとはイベントを指すのかもしれない。でも、そう思うとやはり終わってしまったクリスマスに思考が戻ってしまう。悶々（もんもん）としていると、興奮したように一星が言った。

「その子はいつも、他のお客さんがいなくなるまでじっと待っているんだよね」

「うん」

「もしかしたらその子、僕たちが考えるよりもずっと繊細な匂いを探しているんじゃないかな」

「繊細な匂い？」

「そう。今日はガトーショコラの匂いが漂っていた。そこでおかしいと思ったんだ。チョコにしろバターにしろ、焼成中の焼き菓子の匂いは、店に入らなくても外まで漂っている。その子が探しているのは、近くでないと感じられないような繊細な匂いなんだよ」

確かに彼女はいつも注意深い表情をしている。

「ねぇ、二葉。コイズミのお菓子で、今は店頭に並んでいない商品を思いつくだけ教えてほしいんだ」

「たくさんあるよ」

私はメモ用紙を取り出すと、思い出せる限りの商品名を並べた。日記帳を見たばかりだから、すらすらと頭に浮かべることができた。

季節商品、売れ行きがイマイチだったもの、人気はあったが手がかかりすぎて販売継続を断念したもの。八年もコイズミ洋菓子店にいれば、そんなお菓子はいくらでも見てきた。

一星は私のメモを受け取ると、満足げに頷いた。

「ありがとう、二葉。今夜、じっくり考えてみるよ」

床頭台に置かれた時計を見ると、午後八時になろうとしていた。

帰り支度をしながら何気なく首筋に触れ、プレゼントのネックレスを着けていたことを思い出した。

「一星」

「ん？」

すっかりメモに集中していた一星からは生返事が返ってきた。

「お父さんにお礼のメールしておいてよ。二葉がとても喜んでいましたって」

「うん。親父も喜ぶよ」

病院を出て振り返った私は、初詣の代わりに一星のいる巨大な建物に向かって手を合わせた。

今年こそ、穏やかな良い年になりますように。

翌日はコイズミの定休日だった。

カーテンをめくると一星はベッドで上体を起こしていて、「やぁ」と片手を挙げた。すでに「省エネモード」から切り替えたようで、晴れ晴れとした顔をしている。

「親父にメールしておいた。二葉が喜んでいたって伝えたら、ホッとしていたよ」

一星の父親はやわらかな物腰の素敵な紳士だ。きっと会社では男女を問わず部下にも慕われているに違いない。その上、家族思いで、息子の嫁である私を気遣ってプレゼントまでしてくれるような人だ。

「ありがとう。お父さん、初詣に合流できたのかな」

「それがね、親父は帰りにどこかで夕食をご馳走するつもりだったらしいんだけど、みんな出店で山ほど買い食いして、すでに満腹状態。結局、親父は帰ってから一人でインスタントラーメンを作ったんだって。正月からそれはないよね」

一星は楽しそうに笑った。

「義母さんも悪気はないんだ。あの人、子供っぽいところがあってね、弟と一緒に綿あめに焼きそば、りんご飴にクレープまで食べたって。親父はそこに惚れているんだよね。死んだ母さんも縁日では綿あめ、りんご飴、金魚すくいって、いつも僕よりもはしゃいでいたよ」

私は一星の母親を写真でしか見たことがない。けれど、笑顔が明るい可愛らしい女性だった。お父さんの再婚相手も似たような雰囲気をしている。

一星は顔を上げてチラリと私を見た。

「僕も親父のことは言えないけどね」

「私はそんな無邪気で可愛くないよ」

「何を言っているの。二葉だってお菓子が大好きじゃない。日記帳にケーキの記録を残すくらいなんだからさ」

そこで一星はふと思い出したように話題を変えた。

「二葉は砂糖の匂いって意識したことある?」

「砂糖の匂い?」

「親父からも綿あめの話を聞いて気がついたんだ。それから二葉が書いてくれたメモ。おかげで昨夜(ゆうべ)は目が冴(さ)えて眠れなかった」

「どういうこと?」

「綿あめの屋台を思い出してごらん。発電機のモーター音と眩しい明かり、ぶらさがったキャラクターのイラストが描かれた袋。甘ったるい匂いもしなかった? あれ、砂糖が熱で溶けた匂いだよね」

私の頭にも大きな銀色の鉢の中、次第にからめとられていく白い綿菓子の情景が蘇(よみがえ)った。もう何十年も前の記憶なのに、不思議とはっきり頭に焼きついている。楽しい記憶だったからだろうか。その時、私は確かに微(かす)かな甘い匂いを嗅いでいた。

一星は微笑んだまま、昨夜私が書いたメモを手渡した。

「コイズミ洋菓子店のお菓子のリストを見て、わかったよ」

私は自分で書いたメモに視線を走らせた。

今は店頭から姿を消している、シェフが生み出したお菓子の数々。

おそらくもう永遠に並ばないもの、季節が巡れば再び並ぶもの、様々だ。

ザッハトルテ、レモンパイ、桃のタルト、マンゴープリン、マロングラッセ、コーヒーゼリー、フルーツのジュレ、クレーム・ブリュレ、チェリーパイ、柚子(ゆず)のムース、アップルパイ、桃のショートケーキ、抹茶のムース……。まだまだ商品名は続いている。

一星の言葉を思い出しながら、もう一度最初から商品名を読み直した時だった。

「あ」

思わず声が出た。

「気づいた？」

綿あめ、そして砂糖の匂い。

「クレーム・ブリュレ」

「当たり。コイズミ洋菓子店では、注文を受けてからシェフが仕上げをするんだったよね？」

「うん。表面に砂糖を振って、ガスバーナーでカラメリゼしてから箱に入れていた」

正確にはカソナードというブラウンシュガーを使う。サトウキビ百パーセントのカソナードはグラニュー糖よりも風味がよく、均一に溶けてムラにならない。シェフがバーナーの炎を近づけると、確かにほんの一瞬、甘く香ばしい香りが漂った。

「僕の結論。女の子が探していたのは、その匂いなんじゃないかな」

「カラメリゼの匂い……」

なんて儚い、刹那（せつな）の香りなんだろう。

「二葉、クレーム・ブリュレを販売していたのはいつ？　どうしてやめちゃったの？」

私は記憶を手繰り寄せる。

ブリュレをショーケースに並べていたのは夏の間だ。

秋から冬が洋菓子店の繁忙期であるのに対し、夏は売上も客数も激減する。ジメジメと蒸し暑い日本の夏では、クリームを多用する甘ったるい洋菓子に食指が動かないのだ。ケーキを食べるようなイベントもなく、夏休みやお盆休みとなれば、商店街の洋菓子店よりも、観光地や、冷房の行き届いた都心の商業施設のほうがよっぽど賑わっている。

「夏にケーキが売れないのは一星も知っているでしょ？　いくら保冷剤を付けても、真夏の盛りにケーキを持ち歩くのは心配だしね。だから売れ残らないように販売するケーキの種類と数を絞るの。そうするとショーケースにスペースができるし、ひと手間かかるケーキも販売できる。パティシエたちにも余裕があるから」

「忙しい時にわざわざシェフを呼んでブリュレを仕上げてもらうのは難しいもんね。そもそも賑わう店頭に、人見知りのシェフが出てくるとは思えない」

「そういうこと。暑さが落ち着くと、モンブランやスイートポテトが出てきて、いつの間にかブリュレはなくなっている」

「僕がバイトしていた頃、ブリュレはなかったよ。シェフはずいぶん商品を増やしたよね。この時期でもお願いしたら、シェフはブリュレを作ってくれるかな」

「どうだろう……」

　例年、成人式あたりまで店は忙しく、ショーケースもいっぱいだ。これからバレンタイン商戦に突入するとなると、とても余裕がある状況ではない。

「ブリュレってね、プリンみたいだけど、実は生地も別物なの。全卵ではなく卵黄だけ。牛乳だけではなく生クリームも入れる。仕上げのことも考えると今は難しい気がする」

「でも、あの子が店に通ってくれるのは冬休みの期間、もしくはお正月の間だけかもしれないよ」

そのとおりだが店の現状を知る以上、シェフに無理な頼み事はしたくない。

その一方で、母親からプレゼントされたマフラーに顎を埋める女の子の顔も頭に浮かぶ。

「僕が予約しようかな」

「え？」

「ああ、すごくコイズミのクレーム・ブリュレが食べたくなった！　食べないと死にそうだ、って言えば、シェフと僕の仲なら、何とかならないかな。だって、予約すればオリジナルのバースデーケーキだって作ってくれるんだからさ、去年の夏にショーケースに並んでいたブリュレくらい作ってくれるよね？」

「……食べられないくせに」

一星がいまだに禁食中だということは、シェフにも伝えていない。

「あとで二葉が食べればいいよ。二葉だって好きだろ？　五個でどうかな。さすがに一個、二個じゃあ、作ってくれないだろうからね」

楽しそうに話す一星を見れば断れるはずもない。

「わかった、シェフに頼んでみるよ」

私は女の子の探し物がブリュレであることを祈りながら、仕方なく引き受けた。


正月三日。出勤すると真っ先にシェフにブリュレのことを相談した。

「一星が言うなら仕方ないな」

わざとらしくため息をつきながらも、シェフの顔はどこか嬉しそうだった。

店を継いだばかりの頃、父親の右腕として働いていた宗方さんよりも年下相手のほうが何かと相談しやすかったのか、シェフは一星に絶対の信頼を寄せている。

先代から引き継がれたケーキと、神戸で磨いたシェフのセンス、宗方さんの確かな技術に一星のアイディアが加わって、今のコイズミ洋菓子店が完成したとも言える。

「お菓子が食べたいなんて、もう安心ってことだろう？　善は急げだ。さっそく今夜仕込んでやるよ」

店の二階を住居とするシェフにとって、ここは職場であると同時に生活の場でもある。「におい」を探す女の子が通ってくるのはきっと冬休みの間だ。残り日数を考えれば、少しでも早いほうがいい。シェフの返事がありがたかった。

午前十時。店頭のプレートを「ＯＰＥＮ」に裏返したとたん、店内にお客さんが入ってきた。表の道路は元日よりも人通りが多く、正月も三日となれば街も活気を取り戻している。お年始の挨拶への手土産にと、ケーキや焼き菓子を買い求める客が多く、お昼過ぎまで私も甘池さんも立ち止まる暇もないほどだった。

ふと顔を上げると、人垣の中にチラリと鮮やかな青色が見えた。

早く彼女の順番にたどり着きたくて、私は無心にお客さんの対応を続けた。

午後三時過ぎになってようやく一段落つくと、甘池さんに今のうちに休憩を取るように伝えて、ショーケースを回り込んで売場に出た。

店内にはむせ返るほどのバターの香りがした。焼き菓子ギフトの販売が好調のため、今日の焼成スケジュールは大量のフィナンシェだと宗方さんが言っていたことを思い出した。当然ながら彼女が探している匂いはしない。

しばらく顔を上げて深く息を吸った彼女は、諦めたように踵(きびす)を返した。

「ねぇ、明日もまた来てくれるかな」

私は慌てて呼び止めた。

「明日、新しい商品が出るの」

彼女は小さく頷くと、小さな体で扉を押し開けて外に出ていく。

「絶対に来てね！」

　私は閉まりかけた扉に声を放った。


　翌日、コイズミ洋菓子店に向かう私の足取りは重かった。

　急に不安になってしまったのだ。私と一星の推理が外れていたら、彼女の期待を裏切ってしまう。

　もっと早くにシェフにも相談すべきだったのかもしれない。誰よりもコイズミの商品のことを知っているのは間違いないのだから。

　いずれにせよ、彼女には予約したブリュレのいくつかをプレゼントするつもりだから、話だけは通しておくべきだ。一星のためにと張り切っている姿を想像すると心が痛んだが仕方がない。

　スタッフが出入りする厨房の裏口の扉を開けたとたん、威勢のいい声に迎えられた。

「おはよう、河合さん。例のもの、用意できているよ」

　疲労が極限まで達した時、なぜかハイテンションになるのがシェフである。予想どおり夜を徹してブリュレを仕込んでくれたらしく、目の下にはくっきりと青黒いクマが張りついていた。

私は迷いを振り払うように覚悟を決め、「ありがとうございます」と、頬の筋肉を持ち上げた。普段から無愛想な私に見慣れているシェフは、「お」と小さく声を上げた。

狭い事務スペースでコートを脱ぎ、黒いロングワンピース姿になった。

ケーキの仕上げに集中している宗方さんと小森さんの邪魔をしないよう、小さく挨拶をして売場に向かう。照明のスイッチを入れ、いつもどおり開店準備に取り掛かった。シェフは開店前にショーケースの確認にくる。その時にすべてを話そうと決めていた。

私がクレーム・ブリュレ五個分の会計を済ませたところでシェフがやってきた。財布をポケットにしまう私を見て「まいどあり」と小さく笑う。

二人で売場に回り、並んで正面からショーケースを眺めた。

隙間もないほど整然と並べられたケーキが、LED照明の光を受けて宝石のように輝き、ケースの上にはガレット・デ・ロワやショソン・オ・ポムなど、常温で販売されるペストリー類が並んでいる。この圧巻の光景を眺められるのは、朝一番に来店する客と店のスタッフだけだ。

シェフは満足そうに頷き、私もほっと息をつく。毎日のこととはいえ、パティシエがひとつひとつ丁寧に仕上げた品物を、お客さんに魅力的に見えるように並べるのは、販売スタッフにとって一番の大仕事なのだ。

「シェフ、作っていただいたクレーム・ブリュレですけど……」

ショーケースに向かって並んだまま、思い切って口にした。

「ああ、仕上げなら、河合さんが帰る時にしてやるよ。本来ならカラメリゼしたてのパリッとしたのを一星に食べさせてやりたいところだけどな」

「実は、いくつかプレゼントしたいお客さんがいるんです。お昼過ぎにいらっしゃると思うんですけど、その時もカラメリゼをお願いできますか」

シェフはギョッとした顔をした。けれど、それを振り払うように口の端で笑った。

「さすがに一星に五個は多いと思ったんだよ。構わない。ブリュレはもう河合さんのものなんだから。ただし、他のお客さんの目につかないように厨房でやらせてもらう。今日も忙しくなるのは目に見えているからな」

もっともらしくシェフは言い、私も「もちろんです」と頷いた。

普段は売場に姿を見せないシェフにとって、ブリュレの仕上げだけが、唯一お客さんの前に出る機会でもあった。最初は人前に出たくないと駄々をこねたけれど、やっぱりパティシエが仕上げたほうが様になる。

そうなればシェフが適任だった。強面（こわもて）で体格のいい宗方さんがバーナーを構えてはお客さんが怯えそうだし、小柄な小森さんではショーケースの後ろに隠れてしまって頭しか見えない。すらりとしたシェフは見栄えだけはするのだ。

今日もいつの間にか店内には客が溢れていた。

押し寄せる客との攻防を何度か繰り返したのち、ふと顔を上げると、人ごみの中の鮮やかな青色が目に入った。今日も辛抱強く他の客がいなくなるのを待っている。

お客さんが途切れると甘池さんは気を利かせて、「先に休憩に入りますね」と売場を出ていった。振り返るとオーブンの前に宗方さんの大きな姿がある。天板には成形されたリーフパイが並んでいて、店内はフランス産の芳醇なバターの香りが漂っていた。

そのせいか、私を見上げる女の子の顔には明らかに失望の色があった。しかしひるんでいる場合ではない。

「新商品は奥にあるの」

私は秘密を打ち明けるように声をひそめると、彼女をショーケースの裏に導いた。

女の子の瞳が輝く。スタッフしか入ることのできないショーケースの裏側は、子供にとって心を動かされる場所だということは計算の上だ。

私はショーケースに身を隠すようにかがみ込むと、「しーっ」と唇の前で人差し指をたてた。「ちょっとだけ待っていてね」とさらに声をひそめる。

私はバックヤードの冷蔵庫からブリュレを二個取り出すと、厨房の奥のシェフを呼んだ。

「今行く」

作業を中断して渋々出てきたシェフは、ショーケースの裏側の女の子を見て、明らかにギョッとした。不安そうに向けられた視線を無視して、私は「お願いします」と作業台の上のブリュレを示した。

オーブンの前で宗方さんが怪訝（けげん）そうな顔をし、小森さんは興味津々でこちらを見ていた。

シェフは観念したように台の前に立った。

女の子はじっと台の上のブリュレを見つめていた。

シェフはサッとふたつのブリュレにカソナードを振り、横に置かれたバーナーに手を伸ばした。カチッとスイッチが入ったとたん、ボウッと音がして勢いよく炎が飛びだす。

その瞬間、女の子がはっと息を呑（の）んだ。

シェフは丁寧に炎を当ててカソナードを溶かしていく。本当は彼女にもすぐ近くで、泡立つように溶けていくカソナードや、次第に褐色にカラメリゼされていくブリュレを見せたかったが、さすがに小さな子供に手元を覗き込ませるようなことはできなかった。

空気がふわりと甘い香りに変わった。

彼女の顔は真剣だ。私も嗅覚に意識を集中した。

甘い匂いが次第に香ばしいものへと変化する。

確かに砂糖の匂いだ。そして、懐かしい匂い。

ずっと昔からこの匂いを知っている気がして、胸の奥がきゅっと切なくなった。

シェフがバーナーの炎を消す。急に静寂が訪れ、ショーの終わりを告げる。

カラメリゼの香りは、まだうっすらと私たちの周りに漂っていた。

いつしか私まで息を詰めてシェフの手元に見入っていた。

我に返って隣を見た私は、はっと息を呑んだ。

女の子は、口を結んだまま涙を流していた。

仕上がったブリュレを見つめる大きな瞳からはボロボロと涙が零(こぼ)れ落ち、涙を吸い込んだマフラーは、そこだけさらに青さが深みを増していた。

抱きしめたい衝動に駆られたが、名前も知らない子供にそんなことをしてもいいの

彼女の視線は的確に私を捕えていた。並んだケーキなど見ておらず、私がケースの後ろから立ち上がるのを待ち構えていたようだ。

クレームかもしれない。ここ数日の混雑状況を考えれば、ひとつやふたつ商品の入れ間違えがあったとしてもおかしくはない。

「あの……」

私が声を掛けると同時に、彼女は深々と頭を下げた。

「ありがとうございました。孫がこちらでお世話になったそうで……」

すぐにわかった。きっとあの女の子のおばあさんだ。

てっきりプレゼントは母親へ贈るものと思っていたが、相手は祖母だったらしい。

「孫が、髪が長くて背の高いお姉さんからクレーム・ブリュレをいただいたと言い張って。でもタダなんておかしいでしょう？　おいくらですか。お代を払いに伺いました」

彼女がじっと私を見つめていたのも、立ち上がらなくては身長などわからなかったからだろう。

しまった、と思った。いきなり子供が「店の人からもらった」などとお菓子を持って帰っても、何かと物騒な世の中、家族が納得するはずがない。

案の定、彼女は続けた。

「もしかして、あの子が何かご迷惑をかけたんじゃないかって……」

「そんなことはありません。本当に私がプレゼントしたんです。いつも来てくれるのに、肝心の品物がなくてガッカリさせていましたから」

私が否定すると、彼女は驚きを隠さなかった。

「いつも？　あの子が？」

私はシェフを呼びに行った。ここは私よりも店の責任者が出たほうが話も早い。これまでの経緯はさっき甘池さんが説明してくれている。その上、今は店頭にないクレーム・ブリュレをわざわざ徹夜で仕込んでくれた本人なのだ。

しかし、シェフは「嫌だね」と作業台に向かったまま素っ気なく答えた。

「仕上げたのは俺だけどさ、話なら河合さんが聞けばいい。プレゼントしたのは君なんだから」

「でも、ここは責任者として……」

「俺はオーナーパティシエ。販売の責任者は河合さんだから。そうだったよね？」

いい歳（とし）をして何を屁理屈（へりくつ）ばかり並べているのだ。しかし、いつまでもお客さんを待たせておくわけにはいかない。私は諦めて売場に戻った。

「申し訳ありません。オーナーはちょっと手が離せない仕込みをしていて……」

「ああ、いいの、気になさらないで。こちらも気になって来ただけですもの。もともと、こちらのブリュレはこれまでも度々買わせていただいていたんですよ。せっかくだから、もう少し追加でいただきたいと思ったのだけど、今日はもう売り切れちゃったのかしら」

　彼女は残念そうにショーケースを眺めていた。

「実はクレーム・ブリュレは夏限定の商品なのです」

「あら？　どういうこと？」

　彼女は首を傾げた。孫がここに通っていたことも知らなかったようだし、私のほうも困惑してしまう。私はこれまでの経緯を語ることにした。

　女の子がクリスマスの前からずっとここに通い、何かを探していたということ。

　それがどうやらクレーム・ブリュレだとわかり、特別に作ってもらったこと。

　そして、ブリュレをカラメリゼする様子を見たとたん、彼女が泣き出してしまったこと。

　話を聞く間、老婦人は驚いたり、恐縮したり、目まぐるしく表情を変えた。

　どうやら女の子は、冬休みに入ると友達の家に遊びにいくと言って家を出ていたようだ。

「何か事情があるのなら、話してくださいませんか」

女性客はハンカチを口元に当てて黙り込んでいる。励ますように私は続けた。

「お孫さんは、ずっとクレーム・ブリュレを探していました。名前もわからないお菓子を探して、たった一人で混雑したお店に入ってきたんです。手がかりは匂いだけ。きっと大切なお菓子なんでしょう。その理由を教えていただけませんか」

「いつも一人でここに？」

「そうです」

「かわいそうに……」

女性客は手のひらで顔を覆った。

「母親恋しさだったのでしょう。あの子、真紘（まひろ）の両親は離婚して、ママは二歳になる弟を連れて家を出ていきました。時おり真紘はママとこちらにケーキを買いにきていたんです。初めての場所ではないにせよ、まさか一人でお店に入るなんて……」

母親が家を出たと聞いて、私は頭を殴られたような気がした。

「きっとね、真紘もママと離れたくなかったのだと思いますよ。でもね、パパのことも見捨てられなかった……。まだまだ子供ですけど、そういうのがわかる優しい子なんです。幼い弟にはママが必要です。ならば、自分がパパのそばにいてあげないとって……」

女性客はそっと目元を拭った。

てっきり大好きな母親を喜ばせようと、匂いを頼りに好物を探しているのだと思っていたが、違っていたのだ。

おそらく真紘ちゃんが探していたのは母親そのものだ。

彼女が初めて店を訪れたのはクリスマス前。

祖母が言うように、真紘ちゃんは母親とコイズミを訪れたことがあったのだろう。毎年クリスマスには、母親と一緒に予約したケーキを受け取りにきていたのかもしれない。だから今年も女性客で賑わう店内で母親の姿を探したのだ。

母親に会いたい。その強い思いが、一人で扉を開く勇気を与えたに違いない。

クリスマスは子供にとって特別なイベントだ。店に入ったとたんに楽しい記憶が蘇り、コイズミのケーキを囲む、懐かしい家族の姿まで浮かんできても不思議はない。特に匂いは深く記憶に繋(つな)がっている。

「……クレーム・ブリュレに何か特別な思い出があったのですか？」

気づけば訊ねていた。

「真紘の母親、真奈美(まなみ)さんが好きでよく買ってきました。もちろん他のケーキも色々と選んでいましたよ。でも、真紘と買い物にいくと必ずブリュレを買ってくるんです。楽しいお菓子なんですって」

「楽しいお菓子」。真紘ちゃんの言葉を思い出し、合点がいった。

「きっと仕上げを見られるからです。注文をいただいてから、お客様の目の前でシェフがカラメリゼをするんです」

「カラメリゼ？」

「砂糖を振って、バーナーで溶かして軽く焦がすんです。表面を香ばしく仕上げるために」

「ああ！　よくわかりました。それであの子たち綿あめの話をしていたんだわ」

「どういうことですか？」

腑に落ちたような彼女の顔に、私は思わず訊き返した。

「楽しいお菓子っていうのは、きっと縁日を思い出すからなんですよ」

「縁日ですか？」

カラメリゼのことかと納得した矢先に飛び出した言葉に驚いた。しかも先日一星と綿あめの話をしたばかりだ。

「ええ。真紘も母親も、いいえ、息子の家族は、毎年、家族みんなでお祭りに行くのを楽しみにしていたんです。ほら、井草八幡宮の例大祭です。我が家はずっとここですから氏子ですしね。あの子もあの子の父親も、生まれた時からお祭りといえば井草八幡宮ですよ。去年も家族みんなで出かけていきました。ちょうど離婚が決まった直後でしたから、家族四人での最後の縁日だと思って、いつもは一緒にいく私は遠慮して留守番をしていました。真紘ったら、私にまでたこ焼きだの、綿あめだの、たくさんお土産を買ってきてくれてね、本当に優しい子なんですよ……」

彼女は声を詰まらせた。

井草八幡宮は、青梅街道に面した大きな神社で、このあたりも氏子区域に含まれている。

きっと真紘ちゃんと母親も、カラメリゼの香りに縁日の綿あめの匂いを連想して、二人で笑い合っていたのだ。

母親に会いたい一心で訪れたコイズミ洋菓子店で、真紘ちゃんはコイズミのお菓子に関わる母親との記憶を蘇らせた。様々な甘い匂いに包まれ、どんどん繋がっていく記憶と母親恋しさが絡まり合い、いつしかブリュレを見つければ母親が帰ってくると思うようになったのではないだろうか。

私ははっと顔を上げた。

「マフラー！　クリスマスに真紘ちゃんのお母さんは会いにきてくれたんですよね？　とても素敵な青いマフラーをしていました。ママからのプレゼントだって嬉しそうに教えてくれました」

老婦人は顔を伏せた。

「送られてきたんです。私もね、てっきりクリスマスには弟を連れて会いにくると思っていました。でも、真奈美さんは来なかった……」

胸の中に苦いものが広がっていく。

だからこそ、お正月には会えると考えたのかもしれない。

しかし今日も真紘ちゃんは店を訪れた。母親は会いにきていないのだ。

老婦人は、重いため息を漏らした。

「……夫婦のことは私にはわかりません。ただ、息子も真奈美さんも子供に愛情を注いでいたことは確かです。もう別れたからと、それぞれの人生を歩むのもいいでしょう。お互いの負担を考えれば、子供を一人ずつ育てるという結論に達したのも理解はできます。でも子供たちはどうなるのでしょう。結局は親の都合で振り回されるのです。真紘は母親から引き離されただけでなく、可愛がっていた弟とも会えません。私だって、まだ二歳の孫がどう成長していくのか見守りたかった……」

「……でも真紘ちゃんはママを憎んでいるわけではないんです。今も純粋に愛している。たとえ送られてきたプレゼントでも、真紘ちゃんはママのマフラーが嬉しくてたまらないんです」

女性客は深く頷いた。

「ええ、そうなんです。真紘はママのことも、パパのことも大好きなんです。あんな子供でも、きっと心の中にはいろんな葛藤があると思います」

それから彼女は、コイズミのお菓子にまつわる家族の思い出を聞かせてくれた。

毎年クリスマス前になると、コイズミのケーキのパンフレットを見ながら家族会議で予約するケーキを決めていたこと。ブッシュ・ド・ノエルとショートケーキでもめて、結局はショートケーキになるということ。

真紘ちゃんの乳歯が抜けた時、弟が言葉を発した時、母親はことあるごとにコイズミのケーキを買ってきて祝っていたという。色々なカットケーキを買ってきた時は、いつもジャンケンで好きなものを選び、必ず父親が負けていたということ。

話を聞いていると、どこにでもいる仲のよい家族の姿がくっきりと頭に浮かび上がった。とても離婚をしてしまうなんて思えない。

けれど目に見えている姿がすべてではない。見えないからこそ、根深く、複雑な問題が育っていく。外見は健康そうに見えても、お腹の中に肉腫を抱え込んだ一星のように。

そこで私は思い出した。

「さっき、ブリュレを追加で買おうとなさっていましたよね。もしかして真紘ちゃんのお父さんにも?」

「ええ、息子も離婚してからすっかり元気をなくしていましてね。まぁ、苦い思いもあるでしょうけど、懐かしいお菓子を食べたら元気が出るかもしれないと思いまして」

「少しお待ちいただいてもよろしいですか?」

私はバックヤードに向かうと、残り三個のブリュレを載せたトレイを取り出した。そのままシェフの作業台に向かう。

「シェフ、お願いがあります。このブリュレもプレゼントしたいんです。お願いします。今すぐ仕上げて下さい」

「一星の分は?」

鋭く問われ、私は手短に女性客から聞いた話を伝えた。これで心を動かされなかったら鬼だ。もう二度とシェフの言うことなど聞いてやるものかと思った。

さすがにシェフは鬼ではなかった。それでも不満そうに「……一星は?」と繰り返した。病院で待つ私の夫をがっかりさせたくないのだ。

「話せばわかってくれます」

「まぁ、一星ならそうだな。また作ればいいことか」

そこでシェフははっとしたように私を見た。

「ちょっと待て。そのお客さんの前で仕上げるのか？」

心の準備ができていないと騒ぐシェフを強引に引っ張って、私は売場に向かった。

カラメリゼを知らなかった女性客のために、ぜひ目の前で仕上げてもらいたかった。

「お客様、実は、私が買った分があと三個あります。真紘ちゃん、パパ、そしてお客様、三人で一緒にブリュレを召し上がって、楽しいブリュレの思い出を新しく作ってほしいんです」

「でも、あなたの分なんでしょう」

「良いんです。シェフ、お願いします」

腹を据えたのかシェフは深く頷いた。ブリュレにカソナードを振り、バーナーのボタンを押す。

「コイズミ洋菓子店夏限定の幻のお菓子です。それだけで十分に楽しい思い出になるんじゃないですか。特別なお菓子だよって、真紘ちゃんに話してあげてください」

カソナードが溶け始め、しだいに甘い香りが漂ってくる。

女性客は口元に手を当てた。

「まぁ、本当にこんな甘い香りがするのね、なんて繊細ないい香り……」

彼女の目にも涙が浮かぶ。真紘ちゃんにとっての懐かしい記憶は、祖母にとってもかけがえのない家族の記憶でもあったのだ。

私がプレゼントしたブリュレの箱を抱え、彼女は何度も何度も頭を下げて帰っていった。

無人になった店内にはかすかに甘い香りが漂っていた。儚く懐かしい香りだった。

「本当によかったのか」

シェフが心配そうに私の顔を覗き込んだ。

お客さんとは目を合わせようとしないくせに、私たちの前ではそんなそぶりは見せない。もしかしたら人見知りなどとうに克服していて、面倒なことから逃げているだけではないのかと勘繰ってしまう。

「すみませんでした。せっかくのブリュレを全部プレゼントしてしまって」

「いや、それはいい。真紘ちゃんも喜んでくれるだろうからな。けど、一星は君がブリュレを持ってくるのを楽しみに待っているんじゃないのか」

何かと世話をやいてくれた隣のベッドの相田さんが退院してしまい、現在の隣人は、一週間前に直腸ガンの手術を受けた鍵山（かぎやま）さんという老人である。術後間もないこともあるが、元来寡黙な性格らしく、ほとんど交流はないらしい。つまり一星は退屈で仕方がないのだ。

「この前の『におい』を探す女の子みたいにさ、不可解なお客さんの一人や二人いるでしょう。そういう話をもっと聞きたいよ」

一星の目は期待に輝いている。

「何年か前、ほとんど毎日仕事帰りにコイズミ洋菓子店に通ってくる男の人がいました。どうしてでしょう」

一星は少しの間キョトンとした表情を浮かべ、すぐに眉を寄せた。

「それ、僕のことでしょ。はいはい、あの頃は毎日通いましたよ。でもね、二葉。不可解な行動には必ず理由があるってこと。二葉に会いたくて毎日通っていました」

「そうだね。きっと何か理由があるんだね」

今回の入院が長引くにつれ、気づいたことがある。

いくらか体調が良い時の一星は、家にいた頃よりもずっと饒舌（じょうぜつ）なのだ。

禁食を強いられ、面会に訪れるのはほぼ私のみ。一星も私と会えるわずかな時間を楽しみにしてくれていて、明らかにはしゃいでいる。

「コイズミはもうバレンタイン一色。ショーケースの右の棚は全部バレンタインコーナーにしたの。今年の新作はチョコのマカロン。五種類のガナッシュが挟まっていて、シェフの自信作だって」

「もうバレンタインかぁ。ここにいると季節感がないもんなぁ」

季節感はおろか、食事も摂れない一星は時間の感覚さえおぼつかないのではないか。

定期的にレントゲンを撮っているが、小腸の穴はいっこうに塞がる気配がない。

昨年の九月の終わり、私たちはスーツケースを引いて三鷹駅まで歩いた。まだ夏の暑さがアスファルトの上でくすぶっていて、百日紅の鮮やかな赤い花が地面に零れ落ちていた。駅前には、三鷹の森にあるアニメスタジオの美術館に向かう若い子たちが楽しそうに群れていて、横を通る時、一星がぎゅっと私の手を握ってくれた。

病室に行き、寝間着に着替えた一星は別人のように見えて、このまま離れるのがつらくなった。夕暮れだけは確実に早まっていて、一星を病院に残した一人の帰り道では蟬の声と鈴虫の音が同居していた。急に心細くなって泣きながら夜道を歩いた。

「シェフは元気?」

一星の声に我に返った。

「家族に頼まれているのかもしれない。散歩がてら買ってきてって」

「おばあさん、一人暮らしだと思うのよ」

「どうして？」

「雰囲気。ロールケーキを買いにきた時に初めて言葉を交わしたんだけど、何というか、おしゃべりなのよ。コイズミの昔からの常連さんの中には、一人暮らしのお年寄りが何人もいるんだけど、みんな話し相手が欲しくてたまらないって感じで、私を捕まえて延々と世間話を始めるの。おばあさんも似た雰囲気なのよね」

　無愛想で気の利いた返事もできない私まで話し相手にするなんて、よほど寂しいのだろうとそのたびに思う。でも存外それがいいのかもしれない。彼らは自分の話をしたいだけなのだ。

「それに、もしもあのおばあさんに家族がいたら、代わりに犬の散歩に行くと思う。この寒い中、あんなに危なっかしい足取りで歩いているんだから。自分でも言っていたもの。体が丈夫でなくて、犬の散歩も毎日大変だって」

「となると、やっぱり一人暮らしのスイーツ好きおばあさんなのかな。まぁ、二日に一度のロールケーキも、僕だって健康だったらやぶさかではないけどね」

「それこそ体を壊すよ」

「昔は二人でケーキ屋巡りをして、お菓子でお腹いっぱいにしたことが何度もあったくせに」

「今よりも若かったもん」

そう、若かった。そして一星の病気も見つかっていなかった。

一星は少し考え込み、再び口を開いた。

「逆にお年寄りだからってことも考えられるよね。老い先短いって思えば、好物だけを食べ続けたいって気持ちになるかもしれない」

「そうかな。これまで以上に食事に気を遣いそうな気もするけど」

「そのおばあさんは今もお店に通ってくるの？　ロールケーキを買いに？」

「その前に一度説明しておくね」

そう、これはおよそ一年の長期間にわたる謎なのだ。

初めて見かけたのは一年前、昨年の一月の終わり。

おばあさんがロールケーキを買いにくるようになったのは春。

しかし二日に一度コイズミを訪れていた彼女は、夏の始まりに突然姿を見せなくなった。

「夏から来ていなかったのか……。昨年の夏は特に暑かったからね、日中出歩くのは危ないと思って、日が昇る前に犬の散歩をしていたのかもしれない。だからロールケーキも我慢したんだ。夏に生クリームの気分ではなかった可能性もある」

「あの時は心配したんだから。なにせ犬の散歩は毎日だったもの。何かあったんじゃないかって」

「お年寄りだからね。それに、その犬だって老犬なんだろ？」

「ああ、そっか。犬が死んじゃったら、もう散歩の必要はなくなるんだ……」

私が昨年の夏、おばあさんの身を案じて悶々としていたのは、ちょうどその頃に一星の検査があったからだ。そこで再発が見つかり、九月の手術が決まった。人の病気や死に関して、やけに敏感になっている時期だった。

「でも、二葉の口ぶりだと……」

一星がベッドから私を見上げる。「どうやら、最近またおばあさんを見かけたね？」

「わかるの？」

「だって、そのままおばあさんが店に来なかったら、今さら何も解決しようがないじゃない。何もかも謎のままだ」

「実はまさに今日、おばあさんを見かけたの」

「今日？　犬も一緒だった？」

「一緒。何もかも以前と同じ。ワンちゃんと並んで、ゆっくり、ゆっくり、コイズミの前を通り過ぎていったよ」

一星も心から安心したように見えた。

「二葉、おばあさんが無事でよかったね。きっとそのうちにまたロールケーキを買いにくるよ。夏以来食べていないんだったら、そろそろ恋しくなるはずだもの」

「そうだね」

それなら訊いてみたい。あれほどロールケーキを買い続けた理由を。

その時、ブチッという雑音とともに、天井のスピーカーから面会時間終了を告げる案内が流れた。

「無粋だなぁ」

一星は口元を歪(ゆが)める。

「仕方ないよ。また明日ね」

私が帰り支度をするたび、一星は寂しそうな顔をする。

「明日はおばあさん、ロールケーキ買いにくるかな」

わざと明るい声を出した。

「きっと来るよ」

一星も明るく答えた。

病室を出たとたん、少し涙が出た。


翌日もおばあさんは店の前を通り過ぎただけだった。

しばらくそんな日が続き、それでも姿を見かけるだけで安心していた。

ある朝、私はいつものようにかがみ込んでショーケースにケーキを並べていた。

今日こそはロールケーキを買いにくるかもしれないと思いながら、時々店の前の歩道に目を向ける。彼女が通りかかるにはまだ早いと思いながらも、何度もチラチラと見てしまう。

不意に名前を呼ばれ、ショーケースに頭をぶつけそうになった。ちょうどプライスカードを置くために腕を極限まで伸ばして、ショーケースに潜り込むような姿勢になっていたのだ。視線だけ後ろに向けるとシェフが立っていたが、立ち上がるのも面倒なので「何ですか」とそのまま作業を続けた。

「今日から新商品を出すから、一列、空けておいて」

「えっ」

仕上がったケーキは細長いプラスチックのトレイに縦一列に並べ、プライスカードと合わせてショーケースに入れていく。

コイズミ洋菓子店のショーケースは三段に分かれていて、上の二段はカットケーキとホールケーキ、三段目は人気のロールケーキのほか、まとめ買いの多いプリンやシュークリームなど、広いスペースを確保したい商品を並べている。

もともとホールケーキも下の段に並べていたのだが、先日、『コイズミ純白ロール』の新作『コイズミモカロール』が加わったため、やむなく上の段に移動したのである。おかげでショーケース内はすでにいっぱいだ。

客の立場なら、色とりどりのケーキがぎっしり並んだショーケースは宝石箱のようで心が躍るだろうが、準備する私としてはもっとゆとりが欲しい。こうトレイ同士がピタリと並んでいては、注文を受けたケーキを取り出す時に隣のケーキを破損する恐れがある。

「ずいぶん不満そうな顔をしている」

「もともとこういう顔です」

「いや、いつも以上に」

ひっかかる言葉を無視して立ち上がった私は、ショーケースの正面に回った。

「シェフ、見えますよね。もういっぱいです」

本音を言えば、シェフの新商品には大いに興味がある。けれどハード面を考慮することなく、自由奔放に新作を持ってくるこの経営者が時に腹立たしい。

横を見ると、シェフはしょんぼりと肩を落としていた。

私はわざとらしくため息をついて、シェフの横顔を見上げた。

作ってしまったものは仕方がない。シェフにとって新作を作るのは何よりの楽しみで、それを食べたお客さんの喜びこそが生きがいなのだ。大方、昨日の休日も返上してケーキ作りに励んでいたのだろう。

「わかりました。新作ケーキはどんなケーキなんですか」

シェフの口元がほころび、声を弾ませて説明を始める。ケーキのこととなると、とたんにシェフは饒舌になる。

「お酒を効かせた大人向けのケーキなんだ。ジェノワと三種類のガナッシュを重ねて、チョコレートとコーヒー、ラムレーズンの複雑で濃厚な味わいが絶対に癖になる。後でみんなにも試食してほしい」

「チョコならバレンタインシーズンにもぴったりですね」

「それも意識してビターに仕上げた。普段ケーキを食べない人の口にも合うようにね。コーヒーならイタリアンロースト、お酒に合わせても美味しいはずだ」

シェフの説明はそのままセールストークに使えそうだった。

「今までのコイズミのケーキにはないテイストなので、常連さんが飛びつくかもしれません。販売価格はどうしますか。プライスカードを作るので、商品名も教えてください」

私はあくまでも事務的に受け応えた。直感で新作は売れそうだと思ったけれど、あからさまに新商品を歓迎しては、今後ますますシェフに厄介ごとを押し付けられる。

しかし、そこでシェフは顔をこわばらせた。間違いない。商品名を考えていなかったのだ。

しばらく黙り込んだのち、平然と言った。

「『ブラック・ボックス』一択だな。値段は四五〇円プラス消費税でいく」

「ブラック・ボックス？」

何というセンスのない名前だ。急に不安になってきた。

「ほら、これだ」

疑わしげな私の視線に気づいたのか、ようやくシェフが新商品を出してきた。

見た目は『オペラ』とほとんど変わらない。直方体にカットされたケーキの上に、チョコがけされたレーズンとコーヒー豆が飾られている。地味な形状だが、大人路線を狙うならこれくらいシンプルなほうがいい。

「なかなか美味しいんだよ」

シェフは顔の高さに『ブラック・ボックス』のトレイを掲げ、愛しげに目を細めた。

そんな顔を見せられると、私は何も言えなくなってしまう。事務用品の引き出しから白紙のカードとペンを取り出してプライスカードを作ると、名前を与えられた新作ケーキをショートケーキの横に並べた。ショートケーキはカットケーキの中では一番の売れ筋商品のため、最初からトレイを二列分並べていたのだ。

生クリームの横で漆黒に輝く新作は、なかなかインパクトがあった。

ようやく今日のラインナップが出そろった。

ほっとしたのもつかの間、「お客さんだ」とシェフが他人事のように言い、私は慌てて立ち上がった。突然登場した新作のおかげで、開店時間を五分ほど過ぎてしまっていた。

「いらっしゃいませ」と声を上げた私は、はっとして入口を見つめた。

入ってきたのは犬のおばあさんだったのだ。

入口横の窓を見れば、白犬が後ろ足で立ち上がり、ガラスに前足をついて飼い主を見つめている。なんという可愛らしさだ。

振り返るといつの間にかシェフの姿が消えていた。相手は話好きのおばあさんなのだから、少しくらい会話でもしてみればいいのにと思ってしまう。

「ああ、お店の中は暖かいわねぇ」

おばあさんは頬を緩めた。

「ええ、今朝は今年一番の冷え込みだそうですね」

「この季節の散歩、年寄りには大変なのよ。あの子もおじいちゃんだから、なかなか家から出ようとしないの。昔はどんなに寒くても、早く散歩に連れていけって、玄関でキャンキャン吠(ほ)えていたのにねぇ」

彼女はチラリと愛犬に視線を送る。白犬は緩やかに尻尾(しっぽ)を振ったが、老犬だからか尻尾はすぐにくったりと垂れてしまった。

「おじいちゃんだったんですか」

「ええ、そうなの」

おばあさんは穏やかに微笑む。

ピンクのリボンなどつけているから、てっきり「おばあちゃん」だと思っていた。言われてみれば主を見つめるくりっとした瞳は、ナイトのように厳しく見えなくもない。

「夏からお姿をお見掛けしなかったので、心配していました」

「そうね、すっかりご無沙汰してしまっていたわね。暑かったでしょ？　色々と大変だったのよ。体調を崩したりしてね」

　おばあさんは微笑んだまま目を伏せた。

「何度も『コイズミ純白ロール』をお買い上げいただき、ありがとうございました。先代の頃からの人気商品なんです」

　彼女ははにかむような笑みを浮かべた。

「実は昨年初めていただいたの。名前はずっと前から存じていたんですけど、一口食べて評判を実感したわ。どうしてもっと早くに食べてみなかったんだろうって、散々後悔したのよ」

「あっ、そうでしたか」

「オシャレなお店には入りづらくてね。こちら、いつの間にか明るく改装されたでしょ？　桜餅みたいな綺麗な色に塗り変えちゃって、ますます恐れ多くなってしまったのよ。何年もあの子の散歩のたびに前を通り過ぎるだけだったの。なにせお饅頭とお団子で育った世代ですからね」

　彼女は愛犬を振り返りながら、ふふっと笑う。

　どうやら改装前からこの道はずっと彼女の散歩コースだったようだ。ということは、この白犬は二代目かもしれない。おばあさんの言うとおり、現在のシェフになってからの改装で店内も外壁もすべて彼女いわく桜餅、つまりペールピンクに塗り替え、ずいぶん可愛らしい店に変身した。

それにしては引っかかった。

私がコイズミ洋菓子店で働き始めて八年になる。

しかし、彼女を見かけるようになったのはここ一年のことだ。

おばあさんの視線がショーケースに向けられているのに気づき、慌ててお勧めをした。これくらいの世代のお客さんは、自分で選ぶよりも店員に勧められるのを喜ぶ場合が多い。

「しばらくいらっしゃらない間に、『コイズミ純白ロール』に新作ができたんです。コーヒー風味の『コイズミモカロール』、いかがですか？」

「あら、ホント。色合いからチョコレートかと思ったらコーヒーなのね。コーヒーは好きよ。手軽に豊かな気持ちを味わえる最高の飲み物ですもの」

彼女は目を輝かせてショーケースを覗き込む。しかし、顔を上げると困ったように微笑んだ。

「でも、私一人ではロールケーキは大きいわ」

思わず「えっ」と声を上げそうになった。

半年前までは、あれだけロールケーキを買い続けていたではないか。病気でもしてすっかりいや、でもつい先ほど、夏の間は大変だったと言っていた。

食が細くなってしまったのかもしれない。

「でしたら、こちらはいかがでしょう。今朝並べたばかりの新作です」

なおも彼女がショーケースを眺めているのに気づき、私は次の一手を打った。

「お酒は平気ですか？　こちらは洋酒を使っていて、チョコレートとコーヒー、ラム酒の重厚で濃厚な味わいが楽しめる大人のケーキなんです」

シェフから聞いたばかりの説明がさっそく役立った。新しいケーキを作るたびにシェフは嬉々として説明してくれ、そのたびにそれを詳細に記憶していた。中には細々と説明を求める客もいるからだ。

積極的な私のお勧めにおばあさんの表情がほぐれた。やっぱり話し相手を求めているのかもしれない。

「こう見えて、けっこういけるクチなのよ」

「それならばぜひ。コーヒーが好きとおっしゃいましたね。コーヒーとも相性抜群です。そうですね、特に深みのある、イタリアンローストなんかがいいと思います」

シェフもここまで細やかに商品を説明できるなら、いっそ自分でお勧めすればいいのにと思ってしまう。

「いいわね。コーヒーだけは昔からこだわりがあるの。手の届く贅沢っていうやつかしら。久しぶりに丁寧に淹れて、ゆっくりケーキと味わいたいわ。こう寒くては、あの子の散歩以外は家に籠もりきりだもの。時間を持て余して仕方がないのよ」

おばあさんは後ろを振り返り、窓の外の愛犬に目を細めた。

彼女は『ブラック・ボックス』をひとつ買うと、またゆっくりゆっくりと帰っていった。


その日の夜、さっそく一星に「犬のおばあさん」が来てくれたことを報告した。

夏以来の安否を気遣っていた一星も、ほっとした表情を浮かべる。

いつもは青白い頬がわずかに上気しているのは熱があるせいだ。病院でしっかり管理されているとはいえ、体調は不安定で、熱を出すたびに私はやきもきする。

「おばあさん、ロールケーキを買ったの？」

「残念ながら、一星も知らないケーキだよ」

「新作か。この前、モカロールを出したばかりなのにね」

「今回の新作はカットケーキ」

「おばあさん、カットケーキを買ったの？　いくつ？」

一星はすかさず数を訊ねた。

「ひとつだけ。あのおばあさんがカットケーキを買うのは初めて」

私は彼女と話した内容を聞かせた。

語り終えても一星は熱に潤んだ瞳を天井に向けたままだった。

「二葉。おばあさんは去年の春、初めてロールケーキを買いにきたんだよね。何年も通り過ぎるだけだったコイズミ洋菓子店に、どうして急に入ってみる気になったんだろう。しかもそれからは打って変わって二日に一度のロールケーキだ……」

「美味しかったからじゃない？」

「じゃあ、その後パタリと来なくなったのは飽きちゃったから？　仮に本当に夏の間体調を崩して、買い物にこられなかったんだとしよう。それなら、ますます今日はロールケーキを買うんじゃない？　久しぶりなんだから」

「ロールケーキは大きすぎるんだって」

「今まで食べていたのに？」

「そこなのよ。これまで買ったことのないカットケーキを勧められるままに買ったのも、ちょっと引っかかっているの」

一星は「わからないなぁ」と小さく唸（うな）った。吐息がさらに熱っぽく感じ、私は慌てて一星のベッドを倒した。

「もう休んだほうがいいよ。難しいことを考えちゃダメ」

「ごめん、そうする」

一星が情けなさそうに笑う。

「二葉。僕は眠るから、もう帰って平気だよ」

「うん」

「帰る前にひとつだけ教えて」

「何？」

「新商品の名前」

こんな時でもシェフの新作が気になるらしい。

「ブラック・ボックス」

一星は吹き出した。

翌朝、開店準備を終えた私は、窓の外をじっと見つめていた。

開店直後に来店する客はほとんどいないから、いつもなら包材の在庫をチェックしたり、ギフト商品用の箱を組み立てたりしているが、今日は「犬のおばあさん」が通りかかるのを待ち構えていた。

シェフの新作の感想を訊ねるのを口実に、もう少し彼女の状況を知りたい。話しかければ喜んで応じてくれるという確信もあった。一人暮らしの寂しい心理に付け込むような気もしたが、それは夫が入院中の私も同じで、似たような状況の相手は自然とわかるのだ。

開店して数分で見慣れた姿が近づいてくると、私はショーケースを回り込んで外に飛び出した。

「おはようございます」

「あら」

きっと今日は店に立ち寄る気はなかったのだろう。彼女は驚いたように扉の前で足を止めた。白犬はここぞとばかりに座り込み、おばあさんは手提げから取り出したマットを石畳の上に敷いてやる。間近で見て気づいたが、マットはパッチワークで作られた手作りのようだ。白犬にとっても安心できる場所らしく、のそりと立ち上がるとマットの上に移動して再び座り込む。

「可愛い……」

思わず呟くと、おばあさんは嬉しそうに目を細めた。

「そうでしょう。この子に何度も救われているの。いつも一緒にいてくれて私の支えなのよ」

おばあさんに見つめられ、白犬もくりっとした目を輝かせて尻尾を揺らした。

「そうだ、昨日のケーキ、あれ、とても美味しかったわ」

「ありがとうございます。シェフも喜びます」

「あれから家に帰ってね、コーヒーを淹れてゆっくりといただいたの。あんなケーキは初めてだったわ。さぞ手間がかかっているんでしょうね」

私はもっぱら販売専門だ。しかし趣味のケーキ屋巡りとコイズミのおかげで、ある程度の知識は持っている。

何層ものガナッシュとジェノワーズを組み合わせ、仕上げに艶出しのグラサージュをし、飾りを載せる。それぞれの仕込みを考えれば気の遠くなるような工程である。これまで彼女が食べてきたロールケーキは、スポンジに生クリームを巻いたものだから、製造工程は大きく異なっている。

「丁寧にいただかないと、作って下さった方に申し訳ない気がしてね」

「珍しいですね。これまでは必ず『コイズミ純白ロール』でしたから……」

「そうね。たいそう有名なお菓子だからって一度は食べてみたかったの。そしたら本当に美味しくて感激しちゃったのよ」

有名は有名かもしれないが、ごく限られた地域でのことだ。さもありがたそうに言われては、こちらとしては恥ずかしさを通り越して、申し訳ない気持ちになってしまう。

「毎朝ここを通ると甘くて美味しそうな匂いがするでしょう。だからハチもすっかりこの通りがお気に入りでね、匂いにつられて、いつもここで座り込んじゃうのよ。それはそれは難儀したのよ」

「ワンちゃん、ハチというんですね」

「ええ」

てっきり歩き疲れて座り込んでしまうのかと思っていたが、コイズミから漂う匂いが原因だったようだ。

「でもね、甘い匂いにつられたのはハチだけじゃないの。いつもはケーキなんて縁がない年寄りも、とうとう我慢できなくなっちゃったの」

彼女の話しぶりが可愛らしくて、すっかり聞き入ってしまった。

「それで、買いにいったんですって」

「……え？　どなたが買いにいかれたんですか？」

彼女の自身の話を聞いていたはずが、突然現れた第三者の気配に驚いた。

「主人よ。去年の二月、ちょうど一年前ね。『おい、有名なケーキを買ってきたぞ』って、ずいぶん嬉しそうに帰ってきたの。ちょうど結婚記念日だったわ。そうでもなければケーキなんて食べないもの。そもそもあの人、ケーキなんて柄じゃないの。だからね、『店はすごい混み具合だった、さすが世にも有名なロールケーキの店だ』なんて大興奮よ」

彼女はその時のことを思い出したのか、楽しそうに笑った。

おばあさんがロールケーキを買いにコイズミに入ってきたのは春先だが、実はそれ以前に食べたことがあったのだ。店が混み合っていたというのも、一年前の今頃ならバレンタイン商戦真っただ中だから当然である。

その時、店頭で立ち話をする私たちを気にしながら、二人の女性客が店内に入った。ドアベルの音に反応して、伏せていたハチが顔を上げる。

「そろそろ私たちも行きましょうかね」

ハチがのそりと立ち上がり、おばあさんはマットを丁寧に畳んで手提げにしまった。

「また寄らせてもらうわね」

にこりと微笑み、ゆっくりと歩き出す。私はその姿を茫然と見送った。

おばあさんにはおじいさんがいた。

なぜか胸に苦い思いが広がっていた。これまでの推理が外れたからではない。

たぶん私は、一星と離れて暮らす自分の孤独を、一人暮らしと思い込んだ彼女に重ねていたのだ。さも親切に振る舞いながら、彼女もそうであってほしいと願ってしまっていた。

一星がそばにいないと、利己的で嫌な人間になっていく。

そんな自分が嫌だった。このまま入院が長引けば、私はますます自分本位になってしまう気がして怖かった。

築地駅に着くと階段を駆け上がり、病院まで走った。エレベーターを降り、つかつかと廊下を歩く。病室に入ると一番奥のベッドまで大股に進んだ。他の入院患者のギョッとしたような視線を感じたが、気に掛ける余裕もなかった。

早くこの気持ちを鎮めたかった。不思議なことに私の心を乱すのも落ち着かせるのも、どちらも一星なのだ。

「一星、聞いて」

カーテンを開けるなり強く名前を呼ばれ、寝たフリをしていた一星はすっかり顔を出すタイミングを逃してしまったようだ。上掛けの中から私の様子を心配そうに窺っている。

私はスチール椅子を引き寄せて、今日のおばあさんとの会話を繰り返した。

いつの間にか一星は上掛けから頭を出し、ベッドを起こしていた。

「おじいさん、いたんだ……」

「そうなの。初めて『コイズミ純白ロール』を買いにきたのはおじいさんだったんだよ」

「いつ買ったの？」

「去年の二月。昼間の混雑している時間に来たみたい。さすがに覚えていないよ」

「男性客も少なくないからね。二月、バレンタインか。そして、二葉が『犬のおばあさん』に気づいたのもその頃だったよね」

「うん」

「おじいさんが買ってきたロールケーキをすっかり気に入って、おばあさんはまた食べたいと思った。それで、犬の散歩の時間をこれまでよりも遅らせて、二日に一度ロールケーキを買いにくるようになった……」

ベッドを起こした時には一星の「省エネモード」は終わっている。すっかり真剣な顔でこれまでの経緯を整理している様子だ。

「それほど気に入ったのなら、すぐまた買いにくればいいのに、どうして春まで来なかったんだろう。そもそも、結婚記念日におじいさんが勇気を出して買ったケーキを二日に一度も食べるものかな。そんなケーキなら、特別な時に食べるから価値があるんじゃない？」

「うん……」

「そして、二日に一度ロールケーキを買いにきていたおばあさんは、夏からおよそ半年の間姿を見せなかった。二葉は何かあったんじゃないかと心配していた」

「最近また見かけるようになって嬉しいことは確かだけど、どうして今度はロールケーキではなくカットケーキを買ったのかもわからない……」

一星はしばらく宙を睨んでいた。

「二葉はおばあさんの姿が見えない間、おばあさんか犬のどちらかに何かがあったんじゃないかって心配したんだったよね。もちろんあの時は、おじいさんがいないのが前提だった」

一星が私のほうへ顔を向けた。しばらく見つめ合う。

「何かあったのはきっとおじいさんだね」

「……私もそう思う」

そうとしか考えられなかった。

今度こそおばあさんは一人になってしまったのだ。それならロールケーキは食べきれないと、カットケーキをひとつだけ買ったことも納得できる。

「おばあさんが買ったシェフの新作っていくら？」

突然一星が訊ねた。

「税込み四八六円」

「考えてみれば、ケーキって贅沢なお菓子だよね。庶民的なコイズミ洋菓子店でもそれくらいの値段がする。しかもケーキ一個じゃたいした腹の足しにもならない。例えばさ、五〇〇円あれば、六枚切りの食パンなら何袋買える？」

何の話を始めたのか、私にはさっぱりわからなかった。

「『コイズミ純白ロール』は税込み八六四円。四切れにカットすれば、一人分は二一六円だ。そう考えると、ずいぶん良心的な値段だね」

「……だからファミリーに人気があるんだよ」

「それでもスーパーで売っているお菓子よりは高い。つまりケーキは、そう毎日買うお菓子ではないんだよ。犬のおばあさん、以前は二日に一度ロールケーキを買っていたんでしょう？　おばあさんの暮らし向きはわからないけど、お年寄りには結構な贅沢なんじゃないかな」

　私は彼女の様子を思い浮かべた。

　去年も今年もまったく同じ服装。すっぽりかぶった毛糸の帽子と、おそらく手編みのマフラー。コートも何年も同じものを大切に着ているといった感じで、わずかに退色していた。使い込んだ財布も、それを入れた毛羽だった手提げバッグも、何ひとつ高価そうなものはない。慎ましい暮らしをしていることが推し量られる。

「昨年の一月の終わり、二葉が初めて見かけた犬を連れたお年寄りは、おばあさんじゃなくて、きっとおじいさんだったんだよ」

　またしても一星が突拍子もないことを言い出した。

「まさか。おばあさんだったよ」

「ガラス越しに眺めていただけでしょう？　言葉も交わしていない。ましてや二葉は開店準備をしていたんだから、いつまでも観察していたわけでもない」

「そうだけど、でも、毎日見ていたんだよ。服装も体型もおばあさんと一緒だったよ」

　否定しながらも、次第に自信がなくなっていく。

　帽子をすっぽりかぶっているから顔をはっきり見たわけではない。真冬のことだから分厚いコートを着ていれば体型もわかりづらい。つまりは毎日同じ帽子とコート、白犬を連れているというだけで同じ人物だと判断し、春になって店に入ってきた彼女を見て「おばあさん」だと結論づけたに過ぎないのだ。

「二葉の身長は僕とほとんど変わらない。君もよく僕のTシャツやトレーナーを着るじゃない。さすがに僕は君の服を着ないけどね」

私は子供の頃から身長があったし、骨格がしっかりしている。細身の一星の服は私にもジャストサイズなのだ。

「それに、夫婦っておのずと似てくるんじゃないかな。毎日同じものを食べ、生活習慣もだいたい同じ。お年寄りともなれば、おそらく何十年も一緒に暮らしてきたわけだからね」

それは納得できる。

私たちは、何となくカーテン越しに隣のベッドへ顔を向けた。

隣の鍵山さんは、よく若い看護師を捕まえて説教するような気難しいおじいさんだ。神経質な性格そのままに眉間には深い皺が刻まれ、骨格標本のように痩せている。てっきりその体型は彼が患う直腸ガンのためと思っていたが、たまたま面会に訪れた鍵山夫人も同じように痩せていることに驚いた。きっと彼らの食生活によるものな

ているんでしょ？　カウンターの奥なら邪魔にならないしね。そうだ、オバケかもしれない。他の人にも見えている？」

一星は楽しそうだ。次にはニヤリと笑って私を見る。

「その人、男でしょう」

「確かに男の人だけど、そういうのじゃないよ。いつも同じ場所にいるから、何をしているのか気になっただけ」

ふうん、と一星はなおもニヤニヤしている。

「ねぇ、二葉。ハシビロコウが動かないのはどうしてだか知っている？」

「どうして？」

「ああやって獲物を油断させているんだ。でも足元の魚を確実に狙っている。じっと息を殺して注意深く機会を待っているのさ」

「刑事の張り込みじゃあるまいし。病院で待っている相手と言えば家族でしょう？」

「さあ？　カウンターの奥で動かないなら目立たないだろうし、誰かをこっそり探っているのかもしれない」

「残念ながらあの席は、カウンターの奥とはいえ、ガラス張りだからロビーからは丸見えなの。それこそ待ち合わせにちょうどいい席なのよ」

そこではっと気づいた。確かに廊下とはガラスで仕切られているが、カウンター席に座ると、目線の高さまで半透明の目隠しシートが貼られていた。もともと背の高そうな彼が、まっすぐに背筋を伸ばしているのは、シートの上から多くの患者やその家族が行き交うロビーを眺めるためではないのか。

「やっぱりロビーを窺っているのかも……」

「ほら。張り込みだよ」

一星が笑い、私もつられて笑ってしまった。

「お、楽しそうな声。さては、来ているな？」

突然陽気な声がして、ベッドを取り囲むカーテンが開かれた。リハビリの黒塚（くろづか）先生だ。五十代の女性で髪はベリーショート、白衣の下から覗くのは、いつもジャージのパンツとスニーカーである。

「今日も行くよ、河合くん。いつも頑張っているのは、奥さんにカッコイイところを見せるためだもんね？」

黒塚先生には入院するたびにお世話になっていて、一星は柳原先生よりも打ち解けている。

「ちょっと先生、それは言わない約束だよ」

「隠しても始まらないでしょ。奥さんも一緒に行く？　さぁ、さぁ、河合くんのお通りだよ」

　黒塚先生のよく通る声に病室からも笑いが起こり、隣のベッドにいた看護師がクスクス笑いながら、ベッドテーブルをずらすのを手伝ってくれた。黒塚先生は病棟の人気者だ。

　先生と一星が並んで歩き、私はその後ろからゆっくりとついていく。

　一星が弱音を吐くたびに先生はピシリと励まし、その様子を見たナースステーションの看護師からも笑いが起こる。昼間の病棟は意外と楽しい。普段、私がいない時間も、一星は穏やかに過ごせているのだと思うと安心できた。

　病棟の長い廊下を三往復した一星は、ベッドに戻った時にはすっかり疲れ果てていた。

「鬼コーチだよ、黒塚先生。手術の翌日にもベッドの横に立っていた時は、悪夢かと思った」

「さすがに歩かなかったけど、立たされたよね」

「傷が痛くて死ぬかと思った」

　一星は息を荒らげながら小さく笑った。それから私を呼んだ。

「どうしたの？」

「二葉、買い物を頼んでいいかな。違う味の歯みがき粉が欲しいんだ」

心配した私の体から一気に力が抜けた。

「それ、今言うこと？」

「二葉が来たら頼もうと思っていたんだ。忘れないうちに言っておかないと。だって、このまま眠ってしまえば二葉は帰っちゃうかもしれない」

「はいはい、歯みがき粉ね」

禁食中の一星が唯一味を感じられるものが歯みがき粉なのだ。以前買ったリンゴ味の子供用歯みがき粉もまだ半分以上残っているが、別の味を試したくなるのも当然で、すぐにでも買ってあげたくなってしまった。

「じゃあ、私も忘れないうちに売店まで行ってくる。一星は少し眠っていれば？」

「ありがとう」

夕時のエレベーターは、面会を終えた人々で混み合っていた。いつの間にかすっかり日は落ちていて、ロビーの天窓も黒く塗りつぶされたようになっている。

外来は終わっているためロビーの人影はまばらで、受付前の照明も半分落とされていた。

ロビーを横切り、カフェのさらに奥の売店を目指す。

病棟では間もなく夕食の時間となるため、こちらにはほとんど人影もない。カフェもあと一時間もすれば閉店だ。何気なく覗くと、昼間はぎっしりサンドイッチが並んでいたショーケースもからっぽだった。

そのままカウンターにも目をやってぎょっとした。一番奥の席に人影がある。見慣れたシルエットはハシビロコウに間違いなかった。

メロン味の歯みがき粉を買った私は、大急ぎで病室に戻った。病室の前には食事を載せたワゴンが止まっていて、看護師は隣の部屋から配膳を始めていた。

一星は眠ってはおらず、上掛けの中に潜り込んでいた。

「聞いて、ハシビロコウがまだ座っていたよ！」

一星は上掛けから顔を出した。

「まだ？　ずっといたの？」

「わからないけど、とにかく今も同じ席に座っていた」

「いったい何をしているんだろう」

一星が呆れたような声を漏らした。「誰かを待つにしても、ずいぶん辛抱強い人だね」

「外来はもうとっくに終わっているよ。いったい誰を待っているっていうの？」

「知らないよ」

一星は歯みがき粉を受け取ると、さっそくキャップを取って匂いを確かめた。

「やっぱり二葉にしか見えていないんじゃない？」

「やめてよ」

仕事帰りに面会に訪れる時はエレベーターに直行するから、これほど夕時のロビーの奥が薄暗くひっそりとしているとは知らなかった。ひやりとした空気を思い出しても鳥肌が立つ。

一星は面白がっているのか、歌うように続けた。

「病院ではたくさんの人が亡くなっているんだ。特にこの病院なんて、何とかして治したくて、生きたくて、それでも病気に勝てずに亡くなった人がたくさんいる。そんな人が一人くらいどこかに居座っていたって、全然不思議じゃないよね」

「だからやめてってば」

新しい歯みがき粉のチューブを振りながら一星は笑った。

こんな話をしているせいか、いつもの笑顔と同じなのに、一星の顔がまるで別人のように思えてぞっとした。

毎日会っているから気づかなかった。いや、気づきたくなかった。一星の顔は以前とはまったく違う。眼窩は落ちくぼみ、頬も削げて顔色は青白い。そのくせ、饒舌な時は目だけがやけに爛々としている。

そこで一星はふっと笑顔を引っ込め、考え込むような顔をした。

それから私を見上げた。

「もしもハシビロコウが実在しているとしても、そんなに長い時間、いったい何を思い、誰を待っているんだろう。でもさ、それを知ってどうするの？　だって、二葉だって二時間とはいえ、毎週カフェで時間を潰しているんだろう？」

「まるで意味もなく時間を浪費してるみたいな言い方、やめてよ」

「そのとおりだろ。二時間あれば何ができる？　そもそも平日の昼間なんて、普通の人なら働いている時間だよ。僕だって病気なんてなければ、こんなところで何か月もじっとしていない」

「そういう言い方はやめて。今の一星は体を治す大切な時期でしょう。それに、他人には無駄な時間に思えても、本人にはそうでない時間ってあるんだよ。じっくり考えたり、心をからっぽにしたりね。そんな時間が必要な時があるの」

「二葉はハシビロコウもそうだって言うの？」

「そんなの、わかるわけがないじゃない。本人に訊くわけにもいかないし」

「そうだよね。病院では興味本位で気易く質問なんてできないよね。だって何気ない言葉が相手を傷つける恐れがあるもの」

一星の病気は自覚症状がほとんどなかった。おまけに若いから、こんな厄介な病気を患っているとは思われず、周囲の人からはずいぶん心無いことを言われた。だから今では病気についてめったに他人に話すことはない。

あの人も同じなのではないか。何かにひどく傷ついて、だからあそこにいる。そしてその場所は病院であることに意味がある。私が一星の近くにいると感じながら時間を過ごしているように。

「あのさ、二葉」

いつも私の名前を呼ぶ時、どこか甘えたようになる口調がやけに尖(とが)っていた。

「二葉が僕のことをいつも一番に考えてくれるのはすごく嬉しい。ありがたいと思っている。でもね、僕のことだけじゃなくて、もっと自分の人生も大切にしてほしいんだ。だから疲れている時はわざわざ病院に来なくていい。なにせ僕らの家から病院は、あまりにも遠いからね」

私は茫然とした。

「一星は、私に会いたくないの？」

上げてくれている。そんな彼らの気持ちを知ってか知らずか、シェフは今日の仕事を放棄したかのように物憂げにショーケースに頬杖をついた。

「どこで待ち合わせたんですか」

「渋谷。マークシティのホテルのラウンジに十二時。優しい人なんだ。俺に合わせて平日の昼間でもいいって言ってくれてさ、ほら、最初から夜に会うなんてハードル高いだろ？　こっちも緊張するからな」

ちょうどお昼時だ。ホテルのラウンジでもフードメニューはあるだろうし、場所が渋谷ならそれなりに賑わっていたはずだ。そこにポツンと座るシェフの姿を想像すると、さすがの私も憐れみがこみ上げた。

よほど聞いてほしいのか、無口なはずのシェフは続けた。

「渋谷なんてめったに行かないし、席が埋まっていてもいけないと思って、待ち合わせよりも一時間早く到着したんだ。案内されたのは窓側の明るい席だった。これで一安心だと、第一関門を突破した安堵でいっぱいだった……」

チラリと厨房に視線を送ると、シェフの片腕である宗方さんが無言で頷いたので、もう少し付き合うことにする。

「それで、どのくらい待ったんですか？」

どれくらいでシェフは「諦めた」のかというほうが正確なのだろうが、さすがにその言い方はできなかった。

「夕方の六時まで」

「六時？」

思わず声が裏返った。

「そう、六時だ。十二時を二時と間違えたのかもとか、正午を五時と間違えたかもしれないとか、いろんな可能性を考えた」

会話ではなくメッセージでのやりとりだろうから、どう考えてもあり得ないだろう。

「先方からの連絡もない。何かのっぴきならない事情で遅れているのかもしれないだろう？　だから心配で動くに動けなかった」

一度も顔を合わせたことのない相手を、そこまで心配できるとは。

「それだけ待ったら疲れたでしょう。お腹も空いたんじゃないですか。何か注文しました？」

「最初にコーヒーを頼んだ。さすがにコーヒー一杯ではまずいと思って、一時過ぎにコーヒーをもう一杯。腹も減ったが、もしも途中で彼女が来た場合、自分だけ食事しているなんてバツが悪いからな、空腹にコーヒーを流し込んで、トイレもひたすら我慢だ」

　悲しげな表情で語るシェフの話を聞いているだけで、私まで何やらお腹のあたりが重苦しくなってきた。

「そして、とうとう五時かもしれないという最後の可能性に賭けた。カップが空だとカッコ悪いと思って、新しいコーヒーをもう一杯。……おかげで今日は何だか胃の調子が悪い」

　シェフは頬杖をついたまま、左手で胃のあたりをさすった。

「シェフ、実は私も昨日、病院のカフェでずっと座っている男の人を見たんです。いえ、昨日だけでなく、毎週その人を見かけるんです」

　こんな話をしたのは、何とかしてシェフを励ましたかったからかもしれない。

「待ちぼうけか？」

　シェフが弾かれたように顔を上げた。

　仲間を見つけた喜びと、同類への憐れみの入り混じった表情だった。

「いや、それは何とも。場所が場所ですし。それこそシェフと同じくらい、お昼前から夕方まで、ずっと同じ場所に、同じ姿勢で」

「カフェの常連さんなんじゃないか？」

「いや、それはないでしょう。病院の中ですよ」

「そうだな」

やはり長々と何かを待つには理由がある。それに何時間も待っていればお腹が空く。やきもきしていたシェフですら空腹を感じたというのに、あの人がこれまで飲み物以外を口にするのを見たことはない。彼はそれほど思いつめて、何かを待っているというのか。

ふと窓の外を見ると、犬のおばあさんがハチと一緒にゆっくりと通り過ぎていくところだった。もう開店時間だ。

「シェフ、今の気持ちから何か新作を生み出したらどうでしょう。待ちくたびれ損なんて、もったいないじゃないですか」

「そうだ、それがいいな。俺はやっぱり仕事一筋だ。この悲しみのはけ口について、ちょっと思考を巡らしてくる……」

シェフは肩を落としたまま厨房に戻っていった。おそらく今日は自分の作業台から動かないだろう。時々そういうことがあり、私たちは籠城と呼んでいる。

「悲しみのはけ口か……」

私は無意識に呟いていた。

「そうでなければ、こんな場所で毎週見かけませんよね」彼は寂しそうに笑った。

「すみません、耳に入ったもので」

何気なくカウンターに目をやった。すでに空になったコーヒーカップと、その横に置かれたものに気づく。

腕時計だ。チラリと見ただけだったが、深い紅色の革バンドが印象的だった。

もう一度お礼を言い、急いでカップを片づけてカフェを出る。

まだ紅(あか)いバンドが視界にちらついていた。

あれは、女性用の時計だった。


病室に戻ると、一星はベッドを起こしてぼんやりと窓の外を見つめていた。

ためらいがちに訊ねると、ふっと笑いながら顔を向けた。

「どうだった？」

「またダメだったみたい」

検査や診察を受けた後の一星の顔には、はっきりとした疲労が張りついている。

私たちは言葉もなく、しばらく黙り込んだ。

向かいのベッドに新たな患者が入ったようで、家族との会話が漏れ聞こえている。

静かすぎないことが救いだった。

しばらくしてせわしない足音が聞こえ、「失礼」という言葉と同時に、カーテンが開かれた。柳原先生だ。

「ああ、まだ奥さんもいたね、よかった。ちょっと話をしたいんだけど、いいですか」

断れるはずもなく、ナースステーション横の小部屋へと場所を移すことになった。一星も一緒にということで、しばらくして車椅子を押した看護師が迎えにきた。

窓のない白い部屋の中で、柳原先生はデスクトップのパソコンに向かっていた。検査結果はよくなかったはずだ。良い話であるはずがない。

私と一星は、緊張した面持ちで先生の前に座った。

「これ、さっきのレントゲンです」

先生が白黒の画像をモニターに表示させた。

「ほら、ここ。ここに穴が開いている」

もう何度も見てきたし、その説明も繰り返し聞いていた。不吉な白い影は、数か月前に見たものとおそらく変わっていない。

「ここに穴があるんだよ。もう何度も手術を繰り返してきただろう？　毎回、癒着をはがすから小腸自体がもろくなっていて、このあたりが炎症を起こしているんだね。

そこから漏れた膿(うみ)や液体が体の中を汚さないよう、ドレーンを入れて様子を見てきたわけだけど、そろそろ次の段階を考えないといけない時なんだ」

柳原先生は真剣な目で一星と私を交互に見た。

言いたいことはわかっていた。昨年の十一月にも同じようなことを言われたからだ。

「もう一度、手術をしたほうがいい」と。

ちょうど一星の禁食による極度の飢餓状態が落ち着いた頃だったため、私たちは穴が自然に塞がる可能性を待ちたいと懇願した。体力的な問題よりも精神的な苦痛のほうが心配だった。

あの時は決定事項ではなかったけれど、今日の先生はずっと積極的だった。

今の一星の立場は、治療中ともいえないような単なる長期入院患者である。病院内でも問題になっていて、これ以上待ってみても、自然回復は難しいと判断されたのかもしれない。

「河合くん、そろそろ食事を摂りたいよね」

先生は目を細めて一星を見た。

「奥さんはケーキ屋さんでお仕事をされているんでしたね。そこのケーキが美味しいって、河合くん、前に嬉しそうに話してくれたね。どう？　食べたいよね。ごはんもケーキも」

私たちは何も言葉を挟めない。

いつしかお互いの手を握り、何が正しいのかを必死に考えていた。

「僕たちもね、河合くんのケースには話し合いを重ねてきたんだ」

やはりカンファレンスなどで一星のことがたびたび話題に上ったのだろう。

先生は私たちをまっすぐに見つめて手術の方法を説明し始めた。

その方法とは、炎症部を避けた新しい流れを作ることで機能を取り戻そうという小腸のバイパス手術だった。これまで検討されたのは患部を切除してしまう方法だったが、それでは弱った小腸が再び接合不全を起こし、同じ状況に陥る可能性が高い。

これまで示されなかった新たな可能性に、私と一星はじっと考え込んだ。

もう五か月も待ち続けたというのに、いっこうに状況は変わらない。もしかしたら、これこそが有効な方法なのかもしれない。

しかし、ふっと別の不安が頭をもたげる。

これまで柳原先生は、ことあるごとに一星のクオリティ・オブ・ライフについて口にしてきた。つまり貴重な時間を、こんなところで飲まず食わずのまま過ごしていいのかと問いかけているのではないだろうか。

先生は私たちをじっと見つめていた。

感情を推し量るようだった視線からふっと力が抜け、口元を緩める。

「今すぐに決断しなくてもいいよ。今夜は当直だし、質問があれば夜中に連絡をくれても構わない。僕はね、河合くんを早く奥さんのところに帰してあげたいんだよ」

いつの間にか握り合う私たちの手のひらは汗ばんでいた。一星の手にぎゅっと力が込められ、私は緊張に息を止める。

「僕、手術したいです」

私はきつく目を閉じた。そう言うだろうと思っていた。

一星の選択を、一星だけの責任にするわけにはいかない。

息を吸うと、私も手を握り返して姿勢を正した。

「……お願いします。今度こそ、夫が食事できるようにしてあげてください」

私は深々と頭を下げた。

それでも心の中の迷いは消えなかった。

すぐ横で一星もわずかに頭を下げる。お腹にチューブが入っているため、ほとんど体は曲がらない。けれど懸命に頭を下げようとする姿に、私はいよいよ腹を決めた。

もう一度繋いだ手に力をこめ、頭を上げた時には、目の前に柳原先生の晴れ晴れとした顔があった。

「……よかった。うん、絶対にそのほうがいい。一緒に頑張ろう。そして、奥さんと一緒に家に帰ろう」

「一星、シェフね、この前デートにいったんだよ」

病室に帰ってからも、私たちはしばらく無言だった。重苦しい空気を振り払うため、私はわざと明るい声を出した。

「えっ」

「あのシェフがとうとう婚活サイトに登録したの。でも、最初のデートですっぽかされちゃったんだって。ひどいよね。シェフ、昼間から夕方まで、ずっと待ち合わせしたホテルのラウンジで待っていたのに」

ぽかんとしていた一星は、しばらくして何とも言えない表情でふっと息を漏らした。

「気の毒に。でもシェフらしいよ。あの人、きっと諦めるタイミングがわからないんだ」

私ははっとした。

「諦めるタイミングか。私たちも、今夜はちょうどいいタイミングだったんだ」

私の言葉が引き金になったように、一星も力強く頷いた。

「待ち続けるのもつらい。それでも報われないこともある。だったら、思い切って新しい方向に舵（かじ）を切るしかない」

「リスクを伴っても？」

つい口にしてしまった。

「僕はリスクなんて思わない。可能性を信じる」

一星の声にも表情にも迷いはなかった。結局は信じるしかない。そういうことなのだ。

ふっきれたような表情は紛れもなく未来を見つめる顔で、私は大きな決断をした夫を頼もしく感じた。きっと一星は、私以上に今のこと、これからのことをこのベッドでずっと考えつづけてきたのだ。だから私もさっきよりも強く、この決断を正しいものと思うことができた。

私は夫を見つめた。病気が見つかってから、私こそが頼もしくいようと思っていたのに、やっぱり一星には敵わない。

「そうだ。さっき、レントゲンを撮りにいった時の話だけど」

思い出したように一星が言った。

「技師さんがね、奥さんが来ていたんでしょう、タイミング悪かったですね、なんて言うから、カフェで待っていますって答えたんだよ。そしたら、技師さんもあのカフエをよく使うらしくてね、ハシビロコウのことを知っていたんだ」

「そうなの？」

「僕が考えたとおりだった」

一星は私の顔を見て、自信たっぷりに頷いた。

「ハシビロコウはもう何年も前からこの病院に通っていたんだ。ガンで入院する奥さんのためにね」

他人を拒絶するような後ろ姿に、夫婦だけで闘病に励む私たちの姿が重なったのは、都合の良い思い込みではなかったのだ。

「私たちみたい……」

思わず声が漏れる。

「うん。検査の時も、いつもハシビロコウは奥さんに寄り添って廊下のベンチで待っていた。だから技師さんもよく覚えていたんだ」

私も外来での造影検査の時、検査室の前のベンチで待っていた。一星が外した指輪を握りしめながら。

「……ちょっと待って。でも、奥さんが今も入院しているなら面会時間が来たら病室に行くでしょう？　外来だとしても、診察や検査は一緒にいるはず……」

「そう。夕方までじっと座っているなんて、何かを待っているとしか考えられない。僕はずっと考えていた」

「それってつまり……」

私は心の奥で否定してきた可能性に思い至った。

紅い革バンドの腕時計が頭に浮かぶ。まさか形見なのだろうか。

しかし一星は私を安心させるように微笑み、小さく首を振った。

「大丈夫。奥さんは亡くなったわけじゃない。その逆だ。治療がうまくいって、去年退院したそうだよ。彼女の通院日が、二葉がいつもハシビロコウを見かける水曜日なんだ」

安堵したのもつかの間、ますますわからなくなった。

「診察は？　どうして一人で待っているの？」

一星は目を伏せた。

「技師さんも驚いたって言っていたけど、離婚したんだって。さすがにそこまでは考えつかないよね」

だとしたら、どうして今もハシビロコウは病院にいるのか。あんなに熱心にロビーを見つめているのか。そこからわかることはたったひとつしかない。

「だって、二人で闘病してきたんでしょ？　ずっと一緒に……」

声を荒らげた私を宥めるように、一星は私の肩をさすった。

「僕にはその理由が推理できるよ。闘病生活はかなり長かったみたいだからね。奥さんから切り出したらしい。耐えられなくなったんだよ。夫の人生を奪ってしまったことに。仕事も生活も、犠牲にしたものは大きかったはずだ。入院が長くなると気持ちも不安定になる。奥さんはそれまでも何度も夫に別れてほしい、もう放っておいてなんて言っていたそうなんだ。そのたびにハシビロコウは必死に宥めてきたみたいだけどね」

カフェで見た穏やかな彼の顔が頭に浮かぶ。彼は根気強く、優しく妻を諭してきたのではないだろうか。

けれど、最後は妻の望みに応じた。支えてきたはずが、逆に自分の存在が妻を悩ませる。愛する妻だからこそ病気以外のことで苦しめたくなかったのだ。

私には胸をえぐられるような彼の心の痛みが想像できた。

愛する人に拒絶されることのつらさ、自分の愛情が伝わらないと実感することの耐えがたい苦しみ。ましてや病室では声も筒抜けで、噂などすぐに広がってしまう。どれだけ悲しく、みじめだっただろうか。

先日の一星とのやりとりが重なり、気づけば私の目には涙が浮かんでいた。

一星も彼らに私たちのことを重ねていたのだろう。気まずそうに口元を歪めている。

しかし、今も彼は彼女の通院日である水曜日のたびに病院にやってくる。

「……諦めきれるわけがないじゃない。だって、これまでずっと支えてきたんだよ」

私は肩に置かれた一星の手に自分の手を重ねた。顔を伏せたのは涙など見せたくないからだ。

それまで彼が妻を支えることができたのは、彼女を愛しているからだ。治療の先にある二人の未来を信じているからだ。だから仕事よりも生活よりも、彼女に寄り添うことを優先した。

「奥さんもよくわかっていると思うよ。感謝しているからこそ申し訳なく思うんだ。この病気はいつまでたっても再発の恐怖に付きまとわれる。きっと新しい未来を見つけてほしかったんだよ」

「そんなふうに思われるほうがつらいんだよ……」

堪えていた涙がついに溢れ、頬を伝ってシーツに落ちた。

再び一星との諍いを思い出す。お互いに放った言葉まではっきりと覚えている。一星は労わるように私の体を抱き寄せた。

「ごめんね、二葉」

「欲しいのは、そんな言葉じゃない……」

二人の気持ちはどちらも理解できる。だからこそ夫婦の仲を引き裂いた病気が憎らしい。

「……ありがとう、二葉」

私は一星に縋(すが)りついて頷いた。

一星に会いたい。その思いで毎日病院に通ってくる。一星にも同じ気持ちでいてほしかった。そうだと信じられるから、この強い感情が私を動かすのだ。

「ハシビロコウは、まだ奥さんのことが大好きなんだよ。姿が見たい。無事でいるか確かめたい。顔を見れば安心することができる。だって私がそうだもの」

一星も頷いた。私たちの体は今、ぴたりとくっついている。久しく忘れていた感触だった。

「うん、そうだね、二葉。僕が同じ立場でも、きっとそうする」

これはもう理屈ではない。衝動だ。そしてそこには必ず希望がある。どんなに無欲を装っていても私たちはどこかで期待してしまう。

毎週病院に来ていれば、たとえ彼女の通院が数週間に一度でも姿を見ることができ

は、とても完治したと安心できるものではなかった。そんな彼女が一人、誰に付き添われるでもなく、手すりをつかんで立っていた。

間違いない。彼女だ。

長い間恋焦がれてきた彼には、一瞬で彼女だと判断できたに違いない。

彼がずっと見ていたのはロビーではなく、診察室の並ぶ二階から続くエスカレーターだったのだ。

「時計……」

私はハシビロコウを見た。

彼はわずかに腰を浮かしつつ、じっと彼女を見つめている。

あと数メートルで彼女は一階に到着してしまう。

「あの人のものですよね」

彼がカウンターの上で拳を握り締める。

「ずっと見ていたんでしょう？　いつか気づいて、ここまで来てくれるんじゃないかって」

「……気づいているんだ、きっと彼女も。だけど……だから私は……」

「強引さが必要な時もあります。そうしないと、時間は止まったままです」

その言葉が背中を押したのだろうか。彼は思いのほか俊敏な動きで立ち上がった。廊下に出て、カウンターの前を駆け抜ける。

彼がエスカレーターの下で彼女を待ち受けるのを私は見守った。

女性は驚いたように立ち竦み、次の瞬間泣きそうな顔で笑い、ハシビロコウの腕の中に納まった。一星もよくあんな顔をする。「バカだな」と言いながら喜んでいる時の顔だ。

私は知らず微笑んでいた。冷めかけたカフェラテをすすり、二人を見つめる。

ふと見ると時計はなくなっていた。

残された胡桃マフィンを見て、「彼女の好物なんでしょ」と思わず呟く。

相変わらず昼間のロビーは人の往来が絶えない。それでもエスカレーターの横で抱擁を交わす二人に誰も興味を示す様子はない。何せここは病院だ。病気の家族を支え合う光景など珍しくはない。

「ようやく元どおりになりました」

顔なじみの店員がいつの間にか私の横で二人を優しく見つめていた。

彼らの時間が再び動き始めたのだ。

第四話　バースデーケーキの秘密

一星の手術から十日ほど経った。

三月も後半となり、都心では桜が咲き始めたというが、家の近所の桜はまだ蕾(つぼみ)のままだ。それでも数日中には開花するだろう。

コイズミ洋菓子店のある西荻窪から病院に向かうために使う中央線は、乗り換えのために四ツ谷で降りてしまう。きっと市ケ谷(いちがや)と飯田橋(いいだばし)の間のお堀沿いの桜はきれいに違いなく、満開になったら乗り換え駅を変えてもいいな、などと考える。

私は春の陽気のようにふわふわと浮かれていた。一星の回復が順調だからだ。

一度も手術など受けたことのない私には、その痛みも恐怖も実際には理解できない。

だから無責任なことは言えないけれど、やっぱり手術をしてよかったと思う。

一星はまだ熱を出したり、手術の傷が痛んだりするようだが、内臓の動きが順調だと柳原先生に聞かされ、ずいぶんと励みになっているようだ。

顔色は悪くても一星の表情はやわらかく、それだけで私もずいぶん気持ちが明るくなった。


よく晴れた朝だった。いつものように開店準備をしていると、小泉シェフが仕上がったケーキを持ってきた。薄紅色のドーム型のムースケーキは、上に桜の花びらがあしらわれ、使われている桜のリキュールがほのかに香った。

「いよいよこのあたりも桜が開花しましたからね。売れそうな気がします」

「ああ」

シェフはトレイを私に手渡すと、ガラス窓の向こうの通りに目をやった。

真っ青な空の下、やわらかな光が石畳の歩道の上で輝いている。

シェフは先月の待ちぼうけ事件以来、これまでの人見知りに加え、女性不信にも陥ってしまった。以前から営業中に客の前に姿を見せることはほとんどなかったが、今ではいっそうかたくなに厨房の奥から動こうとしない。

その代わり、新商品の開発に精力的に取り組んでいる。ここ一か月でケーキ二種類のほか、『コイズミ純白ロール・春苺』なるロールケーキ、ホワイトデーには従来の焼き菓子ギフト、新作のコンフィチュールやギモーブを用意して、店内を華やかに賑わわせてくれた。

　その仕事量は今までとは比較にならず、もともとひょろっと細長かったシェフの体はさらに細くなった。やつれたのではない。厨房をせわしなく歩き回るため、足腰は引き締まり、ホイッパーを操る腕にはほどよい筋肉が付き、顔にも精悍さが加わった。小森さんが「最近のシェフ、ちょっとカッコイイですよね」と言ってきた時には、私も頷かざるを得なかった。

　開店時間を目前に、ショーケースに本日のケーキがすべて出そろった。

　いつものようにシェフと私はショーケースの表に回り、品物の順番やプライスカードに不備がないかを並んで確認する。

　さっそくドアが開く気配を感じ、私は反射的に「いらっしゃいませ」と振り向いた。この時間なら「犬のおばあさん」に違いないだろう。

　シェフもそう思ったのが油断の始まりだった。

　入口に立っていたのは四十代くらいの女性だった。シェフは顔を引きつらせ、慌ててショーケースの裏に引っ込もうとするが、女性客が声を掛けるほうが早かった。

「ねぇ、これ、このお店のもので間違いないかしら」

　女性が手に持っていたのは五本セットの細いキャンドルと、店のロゴが印刷された見慣れた紙袋だった。

「ええ、当店のものですね」

私が答え、横でシェフもカクカクと頷いた。

「やっぱりそう。ねぇ、じゃあ、これも見て」

女性はそう言うと、スタスタと歩み寄ってシェフの横に並び、バッグの中から取り出したアルバムを開いた。アルバムといっても、写真館でフィルムを現像した時にサービスでくれるようなもので、今の時代あまり見かけないものだ。

私の実家にも何冊か似たようなものがあるが、それは父親がかつてフィルムのカメラを愛用していたためで、私の中学以前の写真が収められている。

生まれた当初は立派なアルバムに収められていた私の成長記録も、そのうちに面倒になり、サービス品のアルバムに差し込まれるだけになったとみえる。

女性客が持つアルバムはまさにそのようなもので、古びて角が破れているところや、色褪せた表紙の具合が実家のものとそっくりだった。

「あ……」

女性に近寄られ、わずかに腰が引けたシェフも、目の前で開かれたアルバムの写真に思わず顔を近づけた。

「この写真のケーキも全部こちらの？」

女性がシェフを見上げ、顔と顔が近づく。シェフはぎこちなく一歩後ろに下がり、私がその間に入り込んだ。ふわりと女性客の香水が香った。

「バースデーケーキの写真ですね」

間に入った私に安心したように、シェフが「失礼」とアルバムを受け取って、そのまま最初からページをめくった。見開きで四枚ずつスナップ写真が入るアルバムに収められていたのは、すべてバースデーケーキを写した写真だった。

「あ、これ、最近のですね。プレートの『Happy Birthday』の筆跡が小森さんです」

予約販売のバースデーケーキの仕上げは毎回シェフ自ら行うが、メッセージプレートの作成はここ数年、小森さんの仕事となっていた。少し時間ができた時に何枚か書き溜めておくのである。その前は宗方さんがやっていた時期もあったが、どちらかというと若手パティシエの仕事として受け継がれている。

同じチョコペンを使っていてもそれぞれ個性が出る。ずっとここで働いていれば、誰が書いたものかは見ればすぐにわかるのだ。

「ええ、全部、俺が仕上げたケーキです。おや？」

もう一冊のアルバムを開いたシェフの目が大きく見開かれた。

写真に集中するあまり、女性客のことは気にならなくなったようだ。

「これ、親父のだ……」

こちらのアルバムのほうが古いらしい。最初に開いたほうはページが余っていたが、こちらは最後まで写真が収められていた。

写真に記録された日付は二冊ともほとんどすべて九月十八日となっていて、同じ人物のバースデーケーキを毎年撮影し続けたということになる。驚くべきは、最初の日付が四十年以上も前のものだったということだ。

父親の先代シェフが病気に倒れ、神戸のパティスリーで働いていたシェフがコイズミ洋菓子店を継いだのは今から十三年ほど前のことだ。つまり二冊のアルバムのバースデーケーキは、先代と現在のシェフがそれぞれ仕上げたものということになる。

私も興味を引かれ、まじまじと古びた写真を覗き込んだ。

古い写真は今とは明らかに紙の質もサイズも違っていて、かろうじてカラーといったものがしばらく続いていた。

コイズミ洋菓子店のバースデーケーキは、常時店頭販売しているホールのショートケーキとは上に載せる苺の数が違う。さらにメッセージプレートを載せるので、一目で違いがわかる。

写真を見る限り、バースデーケーキのデザインが先代の頃からほぼ変わっていないことに驚いた。ただ昔の物はプレートの形が今とは違い、デコレーションも見慣れたシェフのものとは生クリームの絞りの具合が少し違って見える。

私でも気づいたのだから、シェフはすぐにわかっただろう。

「この写真は全部、このお店のケーキで間違いないですよね」

しばらく私たちの様子を眺めていた女性客が念を押す。

「はい、そのようです」

シェフは女性から確実に距離を取りながら、懐かしい先代のケーキや、自分のかつてのケーキの写真に興奮を隠しきれず、頬を紅潮させていた。

「でも、この写真をいったいどうして？」

女性はシェフが返したアルバムを受け取ると、年代が新しいほうの一冊をパラパラとめくった。二年前の九月十八日が一番新しいケーキで、これとその前の年のプレートは小森さんが作成したものだった。

もしもプレートに名前でも入っていれば、私の記憶にも残っていたかもしれないが、どのプレートも『Happy Birthday』としか書かれていない。古いものには『おたんじょうびおめでとう』と平仮名で書かれているのは、子供がまだ幼かったからだろう。

だ。

もう一点気づいたことと言えば、古い写真では一年ごとにケーキのキャンドルが一本ずつ増えていたが、最近のものではまったくキャンドルが挿さっていなかったことだ。

先ほどこの女性が、コイズミ洋菓子店の紙袋と、サービスで渡しているキャンドルを見せてくれたように、キャンドルはケーキに立てずに溜め込んでいたと思われる。

確かに子供が小さければ炎を灯して吹き消したりもするだろうが、大人になればケーキだけで十分という人も多いはずだ。

そして、同じ日付のバースデーケーキを撮り続けたということは、長年祝われてきた人物は四十歳を超えている。それに気づいた私とシェフは、ほとんど同時に女性客へと視線を向けた。

彼女は恥ずかしそうに笑った。

「嫌だわ。年がバレちゃう。そう、これは私のケーキなんです」

大人になっても誕生日を祝うことは珍しくない。しかし、なぜ祝われた本人が、ケーキの写真を持って確認に来たのかがわからなかった。

「あら、ごめんなさいね、一人で興奮してしまって」

女性客は姿勢を正すと、コホンとひとつ咳払(せきばら)いをした。

「実は、実家の遺品整理をしている時にこのアルバムを見つけたんです。私、とっくのとうに実家を出て、誕生日はおろか、もう何年もお正月くらいしか実家に顔を出していなかったの。確かにね、子供の頃はコイズミさんのケーキで祝ってもらった記憶があります。子供ですから嬉しかったですよ。あの頃は誕生日とクリスマスくらいしかケーキなんて買ってもらえませんでしたからね。でも、おかしくないですか？　家を出た娘のために、毎年ケーキなんて買って祝います？　だって私、もういい年をした大人よ。いくらなんでもおかしいって、思わずこちらに来てしまったというわけなの」

語るうちに興奮してきたようで、最初は丁寧だった言葉も最後は完全に砕けたものになっていた。シェフはさりげなくまた一歩後ろに下がった。

しかし、彼女の話は止まらなかった。

年明けに、コイズミ洋菓子店の裏手の住宅地に暮らしていた彼女の母親が亡くなったそうだ。父親はちょうどその一年前の同じ頃に亡くなっていて、それからは母親が一人で暮らしていた。

母親の葬儀を終えても、一人娘の彼女は、仕事の傍らに行う諸々（もろもろ）の手続きでたいそう忙しかったそうだ。「実は役所の書類にもろくに目を通していないの」と彼女は肩をすくめた。

ようやくそれにも目途がつき、気候もよくなってきたので、最後の大仕事である遺品整理に取り掛かったのだという。

「……それは大変ですね」

訊きもしないのに、湧出量豊富な温泉のように滔々と話し続ける女性客に、仕方なくといった様子でシェフが相槌を打った。

「そうなの！　昔から両親ともに慎ましい人たちでさ、そういうところも私は貧乏くさい感じがして嫌だったのよね。だから家の中もすっきりしているかと思いきや、どこから手を付ければいいのやらって感じで」

そう言うと、彼女は長いため息をついた。

「でも、人が死ぬってそういうことなのよねぇ。もともと終活をしている人ならともかく、日々の生活からその人だけが忽然といなくなるんだもの。気に入っていた湯飲みも、毎日使っていた化粧品も、飲み続けていた薬も全部そのまんま。戸棚からとらやの羊羹が出てきた時はさすがに涙が出たわ。きっと何かの折に、ちょっといいお茶を淹れて食べようって大事に取ってあったんでしょうね。もっと早くに気づいていたら、お葬式の時に棺にでも入れてあげたのにね」

声も立ち居振る舞いもすべて潑剌(はつらつ)とした彼女が、この時だけはしんみりと声を落とす。しかし、一度すんと洟をすすると、すぐに顔を上げて強気な笑みを見せた。

「ずうっと放っておいたからね、残したものくらい娘の私がひとつひとつ見届けてあげたいって思ったわけなの。私さ、実は親とは折り合いが悪くて、高校を卒業してからはほとんど家に寄りつかなかったの。薄情な娘だって思われたらそれまでだけど、会えば口ゲンカばかりでお互い嫌な思いもするし、両親ともそれなりに健康だったから、いざとなれば施設にでも入ってもらえばいいなってね。私、こう見えてもわりと稼いでいるのよ。で、その時のための資金もちゃんと用意していたの。おかげで婚期も逃しちゃったんだけどね」

私とシェフはすっかり彼女のペースに呑まれてしまい、話に聞き入ってしまった。要領よく経歴を語る口ぶりはまるで何かのプレゼンのようで、聞く者の心を惹(ひ)きつける話術も巧みだった。

女性不信のシェフは言うまでもなく、実は私もこの手のタイプは苦手である。気の強さだけなら同族嫌悪ともいえるが、「稼いでいる」女性に劣等感を抱くのは、病気の夫を抱えて、常に家計に不安があるためだろうか。とにかく私は自信に満ち溢れた女性が少しだけ苦手だった。

「片づけが終わったらどうされるんですか」

つい私は訊ねてしまった。

「場所も悪くないし、数年前にバリアフリーにするために一部リフォームしているし、すぐに買い手は見つかると思うのよ」

「手放すのですか」

「まぁね。私にはマンションがあるし。会社は日本橋でマンションからも近いのよ」

そこで彼女は両手で持っていた二冊のアルバムに視線を落とした。

「でも、母が二年前までここでケーキを買い続けていたなんて本当に驚いたわ。それが確かめられてよかった。懐かしいわねぇ。まだあるなんて驚いた。ねぇ、昔はもっと地味なお店だったわよねぇ。あの時のシェフはお父さん？」

ずいぶんな言いようだ。

「……そうです。その写真のケーキ、前半は父のもので途中からは俺です。俺が店を継いだ時に思い切って改装したんです」

「なるほど。それでこんなピンクにねぇ……」

彼女はしみじみと店内の壁紙を見回した。

外壁と同じペールピンクの壁に一日中囲まれていると、何やら動物園のカバの口の中にいるような気になってくる。以前それをシェフに話したら、ずいぶんと機嫌を損ねてしまった。

シェフとしては、日本らしく桜の花とケーキに欠かせない苺をモチーフにお店のイメージカラーを決めたと言うが、少し乙女チック過ぎやしないかと思える。だが、嫌いではない。

案の定、シェフは今もじっとりとした目で女性客を睨んでいたが、彼女はまったく気づいていない。

「そうだ。せっかく懐かしいお店に来たんだから、何か買って帰るわ。だって片づけが終わったら、もう二度と来ないかもしれないじゃない？　子供の頃、美味しい美味しいって食べていたケーキ、また食べてみたいわ。あっ、『コイズミ純白ロール』、懐かしい。こんなシンプルなケーキ、まだあるのねぇ」

もちろん彼女に悪気はない。そろそろシェフが気の毒になってきたので、私が一歩前に出た。

「ええ、冬からはモカ味、つい最近は季節限定の苺味も出しています」

「へぇ。やっぱり代替わりしても名物をなくすわけにはいかないし、かといって変化がなくては店も廃れちゃうものね。懐かしいけど、一人にロールケーキは大きいわ。

小さいケーキのお勧めはどれ？」

先代の頃から変わらないケーキもあるが、どちらかというと地味な色合いで、この女性客なら今のシェフになってから加わったもののほうが気に入りそうな気がした。

「ショートケーキの隣のピンク色のムースケーキ、この春の新作です。桜のリキュールを使ったちょっと大人向けのケーキですが、いかがですか」

「いいわね。じゃあ、それと、あとはプリンもひとつ入れてちょうだい」

彼女は迷うそぶりも見せず、てきぱきと注文を済ませると、「片づけが終わるまで、ちょくちょく寄らせてもらうわね。ありがとう！」と、颯爽（さっそう）と店を出ていった。

シェフは私の横でぼんやりと突っ立っていた。

「大丈夫ですか？」

はっとしたように私のほうを向き、ぶるぶると首を振る。

「ああ。色々とびっくりしたな」

「貴重な写真、見せてもらいましたね。親御さん、バースデーケーキの写真なんて大事にとっていらっしゃったんですね。でも遺品と一緒に処分されちゃうかもしれません。どうします、頼めば譲ってくれるんじゃないですか？　シェフの手元に先代のケーキの写真なんて残っていますか」

「レシピにはイラストだけだ。正直、写真はほとんどない」

「ほら、やっぱり貴重ですよ」

「いい。あの人にとっても大切な遺品かもしれない。とても譲ってくれなんて言えないさ」

そう言いながらも、シェフは未練がましく閉まったドアを眺めていた。

「まぁ、そうですね。親との折り合いが悪かったって言っていましたけど、遺品整理を業者に丸投げするんじゃなくて、自分でやろうと思ったことに何だかほっとします」

「業者だったら、何でもかんでもトラックに積んで運び出すだけだろうな。ところで河合さん、九月十八日のバースデーで思い出せないか？　話の流れだと、彼女の母親が買いにきていたってことだ。母親といっても、すっかりおばあさんだけどな」

私もそれを考えていた。バースデーケーキは予約販売だから、予約時に名前を伺っているはずだ。ただし、プレートに「一星くんおめでとう」などと名前が入っていれば記憶に残るが、メッセージだけではさっぱりわからない。

誕生日に限らず、結婚祝いや還暦祝い、その他にも予約を受けるデコレーションケーキはかなりの数で、同じ日に複数受けることも珍しくない。

「過去の予約票を探せば、日付からお名前くらいはわかるかもしれませんけど、きっとその時は、おばあさんが孫のケーキを買いにきたとしか思わなかったでしょうね。それにしても、娘の誕生日をずっと祝い続けるなんてすごいことですよね」

「ああ、すごいな。というか、そんなことあるか？　二十歳になる前に家を出た娘の誕生日だぞ」

「現に写真が残っているじゃないですか。お客さんが持ってきたのは間違いなくここでお渡しししているキャンドルでしたし、紙袋だって五年前にデザインを変更した最近のものでしたよね。それにシェフが自分で仕上げたケーキだったんでしょう？」

つい詰問口調になってしまうと、シェフは私からも一歩距離を取った。

私も「すみません」と後ろへ下がり、二人の間に妙な空間ができた。

「珍しいケースだと思っただけさ。べつにこだわっているわけじゃない。変な穿鑿（せんさく）をするのはやめよう」

「そうですね。気になりますけど、貴重なものにお目にかかれてよかったです。しばらくの間でも、あのお客さんが通ってくれれば売上にもなりますからね。何よりも、先代の頃から変わらずにケーキを買い続けてくれたお客さんがいたなんて、励みになるじゃないですか」

「そうだな。親父のケーキを見たのは久しぶりだ。ちょっと感動している」

「さっきのお客さんがまたいらしたら、新作の感想を聞いておきますね」

「ああ、頼んだ」

　シェフは厨房へと戻っていく。三月後半、ホワイトデーも終わり、ケーキ屋が賑わうイベントとしては五月の母の日まで特に目立ったものはないが、卒業、入学シーズンの今、お祝いのホールケーキの予約や、焼き菓子ギフトの需要が多く、今日も焼成のスケジュールがぎっしりと詰まっていた。


　カーテンを開けると一星は眠っていた。

「省エネモード」ではなく、本当に熟睡していて、今回の手術は一星の体にとってかなりの負担となっていたことを改めて実感する。

　私はスチール椅子に腰を下ろすと、じっと寝顔を見守った。

　寝ている時の一星はあどけない顔をしている。きれいに髭(ひげ)も剃(そ)られているが、乾燥して荒れた肌が痛々しい。

　最初の入院の時、無精髭を生やした一星に、私が「オッサンくさい」と言ったのを気にして、それ以来少しでも回復すると自ら髭を剃っている。

ふっと一星が目を覚まし、私を見つけて嬉しそうに微笑んだ。

「よく寝ていたね」

「うん。たくさん寝て早く元気になるんだ。昼間、柳原先生の診察があって、腸も順調だって。明日あたり水分を取ってみようかって言っていたよ」

「もう？　よかった。何か買っておこうか。前にコーヒーが飲みたいって言っていたよね」

カフェに寄り道した私から、敏感にコーヒーのにおいを感じ取った時だ。

「気が早いなぁ。それに、いきなりコーヒーは刺激が強いよ。体に優しいのがいい。果汁百パーセントのジュースとかさ」

「それもそうだね」

「味噌汁もずっと飲みたかったんだ。具がなければ平気だよね」

「なるほど味噌汁ね。やっぱり日本人だね」

久しぶりにカーテンで閉ざされた空間が華やぐ。こんなふうにあれが食べたい、これが食べたいなんて話をするのは、いったいいつ以来だろう。どこの家庭でも日常的に繰り返される話題だ。それを私たちはこの半年間ずっと禁じてきた。

そう思うと、ぐっと胸の奥から熱く衝き上げてくるものがある。ふと横を見れば、一星の目も潤んでいた。それはけっして微熱のせいだけではない。

「やっとここまで来たね、二葉」

「うん」

「頑張ったね」

「頑張ったのは一星だよ」

「二葉も頑張った」

「うん」

二人とも少しだけ涙ぐんでいた。一星がこんなことを言うのは、自分でも手ごたえを得ているからに違いない。ようやく手の届くところに出口が見えてきたのだ。

「そうだ、一星、そろそろ退屈しのぎの謎解きも終わりかもしれないけど、今日ね、面白い話があったよ」

「何？　聞かせてよ」

一星がわずかにベッドを起こした。

昼間の出来事を一星は終始感心したように聞いていた。

「それ、すごいことだよ。だって四十何年も、ずっと誕生日ケーキの写真を撮り続けてきたんでしょ。しかも肝心の娘さんはとっくの昔に家を出ちゃっているんだよね？」

「うん。あまりうまくいっていなかったみたい。だから娘さんは早く親元を離れたかったって。親の立場からしたら寂しかっただろうね。だってさ、私みたいに地方出身ならともかく、都内に実家があれば大学も仕事も家から通う人が多いよね。家賃もかからないし、生活費を多少入れたって、自由になるお金が全然違うじゃない。親としてはまさかっていう心境だったんじゃないかな」

「子供が反発するのは、親の過干渉による場合が多いんだ。もしも本当に親が娘に執着していたなら、その後もずっと誕生日を祝い続けるなんてことがあるのかも」

一星は横浜の出身だが、大学入学と同時に実家を出て一人暮らしを始めた。地方出身の私も高校卒業以来、結婚するまで一人暮らしだったから、さほど親との関係を意識したことはない。

「それにしても、家を出た娘が四十を超えてもケーキを買って祝い続けるなんてね」

「まるで死んだ子の年を数えるような話だよ」

一星の言葉に私は眉を寄せる。

「やめてよ。ちゃんと娘さんが店に来たんだから。親とは疎遠だったらしいけど、遺品整理をして、ようやく溝が埋まりかけているんだもん。間違いなくケーキのアルバムで親の愛情を確認したと思うよ」

「そうだね」

一星は相変わらず力の抜けた笑みを浮かべ、それからふと気づいたように言った。

「あ、でもさ、どうしてアルバムにはケーキの写真しかないんだろう。普通ならケーキと一緒に嬉しそうな子供、つまり誕生日の主役を一緒に写すものじゃないかな。人物が写っている写真はないの？　それに、本当に全部同じ人のケーキなのかなぁ」

「写真には日付が入っていて、ほぼ九月十八日。同じ人のケーキで間違いないよ。ほぼっていうのは、コイズミ洋菓子店の定休日が重なってズレたんだと思う。確かに人物なしでケーキだけのアルバムなんて、ちょっとマニアっぽいよね。今ならSNSでそんなアカウントを持っている人もいっぱいいるけど、四十年以上前からずっとだもの」

「もしかしたら別のアルバムもあるのかもしれない。ケーキを囲む家族写真が入ったアルバム。ケーキだけのほうはやっぱり趣味みたいなものかな」

そこで私はたまらずに吹き出した。

「それがね、笑っちゃうの。どのケーキもほとんど同じ。シェフはお父さんの店を引き継いだから、先代のケーキをそのまま伝えていこうって思ったのかもしれないけど、苺の配置も、クリームの絞りの位置もコピーしたみたいにそっくり。むしろ、寸分たがわず同じものを作り続けられることに感心しちゃった。つまり毎年同じような写真を並べても、何ら面白みもないわけ」

「それはすごいね。僕も見てみたい。それよりも先代のケーキに興味があるな」

「だから見た目は同じだって。ただ、写真に入っていた日付とプレートの形、微妙なクリームの絞りの具合で、すぐにシェフは先代のだってわかったみたいだけど」

「面白い話だね。昔からのコイズミ洋菓子店のケーキを知っているお客さんが来てくれるなんてさ」

「本当」

その後は今日のシェフの様子を報告し、あっという間に面会時間の終了となった。

「僕も早くシェフに会いたいな。そんなにこの前のことで落ち込んでいるなら、励ましてあげたい」

　この前のこととは、約束をすっぽかされた事件のことだ。

　一星とシェフの付き合いは、私よりもずっと長い。

　一星が西荻窪で一人暮らしを始めた大学一年生の頃、シェフも父親から店を継いだばかりで、日々試行錯誤していた。

再婚する父親に気を遣い、家を出た一星が通い続けたのがたまたまアパートの近くにあったコイズミ洋菓子店である。接客が苦手なくせに、人手不足で店頭に立つシェフが気の毒になり、一星は改装間もないコイズミでアルバイトまで始めてしまった。

「僕は昔の店の写真を見せてもらったことがあるよ。確かに店構えは平凡だし、ショーケースも小さくて、定番ケーキと『コイズミ純白ロール』くらいしか並ばなそうだった」

当時は近所の住人がお茶菓子を買いにくるほか、バースデーケーキの予約で経営が成り立っているような状況だったそうだ。

神戸のパティスリーで修業した若きシェフから見れば、実家はいかにも前時代的で、まったく魅力のないケーキ屋だったに違いない。

しかし先代のケーキの味は良かった。そしてその味は、シェフが子供の時からなじんだ失いたくない味だった。

父親への尊敬の念と、このままではやがて客は離れていくという焦り、神戸で見てきたお洒落(しゃれ)で洗練されたパティスリーへの憧れとで、シェフも苦しんだ時期だったはずだ。

今のコイズミ洋菓子店がすっかり完成されてから働き始めた私と違い、一星は改装直後から、すぐ近くでコイズミ洋菓子店を見守ってきた。

今はのらりくらりとしたシェフも、改装当時は意欲を燃やし、野心的な一面を持っていたらしい。時折何かに熱中して我を忘れたようになるのも、当時の情熱が熾火（おきび）として心の奥底にくすぶっているからに違いない。

シェフはほとんど自分のことを話さない。苦労譚（たん）として若いスタッフに十分に話して聞かせる価値のある話だと思うのだが、いっさいそういうことをしないのがシェフである。

けれど、先代の頃から働いている宗方さんは、一星よりもさらに間近でシェフの奮闘を助けてきた。だからこそマイペースなシェフに一目置き、今もコイズミ洋菓子店を支えていてくれるのだと思う。

シェフはこのまま独身を貫くのだろうか。だとすればコイズミ洋菓子店はどうなるのだろう。一星が度々シェフに彼女ができたかと訊いてくるのはそのために違いない。

そもそもシェフは、経営者のくせにどこか頼りない。

そういえば一星もそうだった。いつもニコニコしていてつかみどころがなかった。

何でも私の好きなようにさせてくれ、こんなに人が良くて大丈夫なのかと心配になった。だから放っておけなかったのだ。

もう何年も前のことなのに、一星とのことなら何でも覚えている。そして思い出すたび、あの時のように胸の奥が温かくなる。

もうすぐ一星が家に帰ってくる。私はじわじわとこみ上げてくる喜びを噛みしめた。

アルバムの女性は、翌週の土曜日もコイズミ洋菓子店を訪れた。

会社が休みとなる週末しか遺品整理ができないため、しばらくかかりそうだと彼女はぼやく。何でも彼女が学生だった頃の勉強机や体操着まで残されていたそうで、最終的にはやはり業者に依頼することになりそうだと、今日も長々とショーケースの前で立ち話をした後、サバランとシュークリームを買ってくれた。

品物を手渡し、見送りのためにドアを開けると、「あっ」と彼女は突然大声を上げて振り向いた。

「そうそう、これ、お店にお預けしようと思って持ってきたんだったわ」

彼女がバッグから取り出したのは、先日見せられた二冊のアルバムだった。

「どう？　なにせ、四十年物だからね。シェフもお父さんのケーキが懐かしかったんじゃない？　どうせ処分するんだもの。受け取っていただけない？」

半ば強引にアルバムを押し付けられ、シェフが喜ぶだろうと思う反面、さすがに困惑した。

「大切なものなんじゃないですか？　本当にいいんですか？」

後になって「気が変わった」と言われるのも困るので、しつこく念を押した。

「いいのいいの。家族でも写っていれば別だけど、ケーキだけじゃしょうがないもの。それに、どのケーキも毎年おんなじ。まぁ、バースデーケーキなんてそんなものかもしれないけどね」

彼女はケラケラと笑うと、「また来るわね」とせわしなく店を出ていった。

私はアルバムを持ったまま、呆気に取られて彼女を見送った。

「よっぽどウチのケーキが気に入ったんだな。子供の頃に食べていた味は、意外と舌になじんでいるものなんだ」

彼女が帰るのを見計らったようにシェフが出てきた。

「そうかもしれませんが、今日はこっちが目的みたいですよ」

私は二冊のアルバムをシェフに差し出した。

シェフは目を輝かせながらも訝しげに訊ねた。

「どういうことだ？」

「どうせ処分するからって。良かったですね、捨てられずにすんで。シェフ、本当は欲しかったんでしょう？　なにせ一番古い写真は四十年以上前のものですからね」

「実は欲しくてたまらなかったんだ。あれから気になって探してみたけど、親父のケーキの写真はやっぱり残っていなかった」

ならばよけいにこの写真は貴重だ。コイズミ洋菓子店はあと数年で開業五十周年を迎えるという。バースデーケーキの写真だけとはいえ、ほぼ五分の四の歴史がこのアルバムには収められている。

「それにしても、親御さんが大切にしていた写真を、ずいぶん簡単に手放せちゃうものなんですね」

「自分にとっては宝物でも、他人には価値のないものなんて世の中にいくらでもある」

シェフの言葉はずいぶんあっさりしていて、私は少なからず衝撃を受けた。

「でもこの写真は俺にとってはかけがえのないものだ。あのお客さんに感謝だな」

シェフは嬉しそうにアルバムを抱いて厨房の奥へ戻っていった。

一方の私は何だか虚しい気持ちになっていた。

人が死ねばその人だけがいなくなり、あとはそっくりそのまま残っている。

家も品物も、その人の抜け殻のようなものだ。

でも残された人は、いなくなった人が大切にしていたものを、もう不要なものだと簡単に捨て去ることができるのだろうか。少なくとも私にはできない気がした。

その夜、病院に行くと一星が紙パックのリンゴジュースを飲んでいた。

「一星！　うそ、リンゴジュース飲んでいるの？」

見ればわかることを、口にせずにはいられなかった。

一星はストローを口に含み、ちゅうっと吸ってみせる。

「うそ、うそ、本当に飲んでいる！」

私は嬉しくなって、一星の手を取ってぶんぶんと振った。もしも私たちに子供がいて、初めて「まま」と口にしたり、ハイハイができたりしたら、きっとこんなふうに興奮してしまうに違いない。

「ちょっと、痛いってば、二葉」

私の手から解放された一星は、飲みかけのジュースを床頭台に置いた。

「ところでこのジュース、どうしたの？」

「リハビリの時、黒塚先生と自動販売機コーナーまで歩いたんだ。さすがに一人で歩くのはまだ怖い」

「もうそこまで歩けるようになったの？　本当にすごいよ、一星」

またしても私は我を忘れて大喜びをする。そんな私を見て一星も嬉しそうに笑った。

「二葉も驚いてくれると思った」

「……本当はいつから歩いていたの？」

一星は感心したように頷いた。

「実は四日前から。先生が奥さんをビックリさせちゃおうって急かすんだよ。本当にあの先生、どうすれば患者が本気になるかわかっているよね」

一星が情けなさそうに笑い、私は黒塚先生のしたり顔を想像して吹き出した。

一星は慌てたように付け加えた。

「でも、ジュースを飲んだのは今日が初めてだよ。リンゴジュースってこんなに味が濃かったっけ。甘いし酸っぱいし、なんだか喉がヒリヒリする。ちょっと二葉、水を取ってよ」

私はベッドテーブルの上のペットボトルのキャップを外して手渡した。

一星は慎重に飲み込み、すぐに私にペットボトルを戻す。

「最初は少しずつにしておこうと思って。二葉、嫌じゃなければ、ジュース飲んじゃって」

私も喉がカラカラだった。仕事は忙しかったし、日中は気温が上がり、乗り換えた地下鉄も駅構内もやけに蒸し暑かった。季節の変わり目は、駅や電車内の空調も暖房か冷房かを決めかねているようで、ちょうどいいということがない。

パックを受け取り、一星よりもずっと勢いよくストローを吸う。ぺこんと紙パックがへこみ、一星が笑う。パックの中身はほとんど減っておらず、私は一人でほぼ全部を飲み干した。それを見届けると一星が言った。

「飲み物で慣らしたら、次はいよいよ食べ物だって。さすがに緊張するよ。本当に大丈夫なのかなって」

小腸の不具合が発覚したのは、手術が終わり、初めて水分を口にした直後だったのだ。

「そのために手術したんだし、大丈夫でしょう」

「だよね。でも、慎重にするよ。少しずつ消化のいいものを食べて、体力を回復させる。ここまで頑張ったんだもん。今さら焦っても仕方ないからね」

口を湿らせる程度のジュースを飲んだだけで、今日の一星はずいぶん生き生きとしている。気力が回復したためとわかっていたが、わずかなジュースでこれほどなら、もっと早くに何か口にしていれば、とっくに体力をつけて退院できていたのではないかと考えてしまう。

ない。

「そうだ、二葉。あの人はどうした？　例のアルバムの人」

一星のことだから、きっと週末の今日、再び来店したのではないかと考えたに違いない。

「来たよ。なかなか遺品整理に難渋しているみたい。それでね、今日はそのアルバムを店に届けてくれたの。どうせ処分するんだからって」

「アルバムが店にあるの？　僕、見たいな。シェフに頼んで借りられない？　だって、四十年にわたるコイズミ洋菓子店の誕生日ケーキの変遷（へんせん）だろ？」

ほとんど変化がないのだから、変遷とは言えない気がしたが、笑顔で頷く。

「頼んでみる。シェフにとっては思いがけず手に入った宝物だけど、一星の頼みなら聞いてくれるかもね」

「お願いだよ、二葉」

「わかった、わかった」

私も見せてあげたいと思っていた。シェフの父親と、それを引き継いだシェフの仕事がきっちり収められたアルバムなのだ。

翌日、病院に到着すると、一星は待っていましたとばかりにベッドを起こした。

　シェフは快くアルバムを貸してくれた。

　昨夜はシェフもじっくりアルバムを眺めたらしい。その時、それぞれのケーキに多少のムラがあることに気づいたという。

　シェフは頭を掻きながら言った。

「抜き打ちテストをされた心境だな。いつでも気を抜いてはいけないって教えられた気がするよ。だって、親父のケーキにはほとんどムラがないんだ。俺もまだまだだな」

　私の話を聞いた一星は目を輝かせた。

「それはますます見るのが楽しみだ」

　私はベッドのへりに座り、二人で身を寄せ合うようにアルバムをめくった。

　私たちの毎年の誕生日もコイズミ洋菓子店にケーキを予約している。つまりシェフの仕上げたバースデーケーキは私たち夫婦にとってもすっかり見慣れたものだ。

　アルバムの最近の写真は、当然ながら私たちの記憶しているものと同じだった。

　ひととおり眺めた後、一星が再びパラパラと最初からページをめくる。

「このあたりからシェフのケーキかな。確かにその時々で微妙にクリームの位置や形が違う」

「人のやることだからね。絞りの数は決まっていても、場所は目算だろうし」

とはいえ、先代のケーキはすべて、シェフのものよりも安定して均一に仕上がっている気がした。

「あ、ここ。この年から、絞りが違う。絞り袋の口金を変えたんだ」

私が何気なく見過ごしてしまった写真も、一星と一緒なら様々なことに気がついた。

一星は些細なことも見逃さない。何度もアルバムを見返すから、仕事帰りの面会時間などあっという間に過ぎていく。無情にも面会終了を告げるアナウンスが流れてきた。

「二葉。僕、もっとゆっくり見たい。一晩、貸してくれないかな」

「いいんじゃない？　シェフは昨日じっくり見たって言っていたから、一晩くらい一星が持っていたって、どうってことないよ」

「明日には必ず返すから。シェフにくれぐれもお礼を言っておいて」

一星は終始ご機嫌だった。

すっかり桜の花も散り、暖かな陽気が続いていた。

相変わらず週末のたびにアルバムの女性は通ってくる。

コイズミ洋菓子店にとっては貴重な資料であるアルバムを渡したせいか、彼女の態度は馴れ馴れしく、いつしか来るたびに「シェフはいないの？」と厨房の奥に身を隠したシェフを呼び出すようになっていた。

アルバムをもらった手前、シェフも無下にはできず、しぶしぶと顔を出す。

シェフが出てきたからといって、彼女のほうも別段どうするわけでもなく、ようは単なる販売員である私よりも、店のオーナーであり、創業者の息子であるシェフと話がしたいだけなのだ。だから私は仕事をするそぶりで二人の会話を聞いていた。

親の遺品整理を業者に丸投げせずに、自分の手で行うことにした彼女は、戸棚やタンスの引き出しを開け、ひとつひとつの品を確認しながらゴミ袋に入れているという。そんな非効率な方法を選んだわけであるが、今まで親とは疎遠だった分、どんな暮らしを送っていたかが感じられていいと言う。

時間はかかるが自分には夫も子供もおらず、こうして実家の片づけに割く時間がある。ならばどうして生前にもっと歩み寄らなかったのかと、彼女はふっと笑う。そして実に悩ましげに眉を寄せて言う。

「最初はもっと簡単だと思っていたのよ。でもねぇ、実際やってみると、なかなかスパッと捨てられないのよねぇ。それに、新しい問題にも気づいちゃって」

「まだ何か？」

仕方なくシェフが相槌を打った。

「……仏壇よ」

「仏壇」

「そう。アレ、どうしたらいいのかしら。考えてみたら、我が家にはずっと仏壇があったのよ。じいちゃん、ばあちゃん、父親、そして母親。昔ながらの存在感あるタイプなのよね。さすがにマンションには持っていけないじゃない？　そんなスペースないし。どうしたらいいの？」

「ああ、やっぱりマンションにはキビシイですね」

「そう、キビシイの。ねぇ、だからどうしたらいいの？」

普段ならのらりくらりとかわすシェフも、相手が彼女だとそうもいかない。

「いやぁ、俺には何とも。お寺さんに相談してみるのがいいんじゃないですか」

「そうよね、ああ、もう、ホントに憂鬱だわ。私ね、墓参りだってずぅっとしていなかったの。だから、母の葬儀の時もバツが悪かったわよ」

彼女はうんざりしたように天井を仰いだ。

「……人がいなくなるって、つくづくいろんな意味で大変なことね。これまで所有していたものを、全部何かしらの方法で処分するなり、別の所有者に引き継ぐなりしなきゃいけないんだもん。一人娘って損した気分だわ。全部私がやらなきゃいけないんだもんね」

今度はがっくりと肩を落とし、重いため息をつく。私たちはいささか大袈裟な彼女の身振りを黙って見守っていた。

「まぁ、仕方ないからやるけどさ。あ～、本当に疲れた。ねぇ、今日はすっごくガツンとしたケーキが食べたいんだけど、どれがお勧め？」

彼女はたいていひとしきりぼやいて、最後はケーキを買って帰る。

ここぞとばかりにシェフが勧めたのは、ショーケースのカットケーキの中ではもっとも高価なケーキだった。

彼女を見送り、私たちはホッと息をついた。

「今度は仏壇ですか。両親が長年暮らした家を処分するとなると、確かに色々と問題がありますね。実際、どうするんですか」

「俺だって知らん。仏壇なんて処分したことないからな。でもついこの前、母親が亡くなったんだから、菩提寺(ぼだいじ)の住職ともやりとりしているだろ。いくらバツが悪くたって、そこに相談するしかないさ」

「お金もかかりそうですね」

「何事もそういうものだよ。あのお客さんも言っていただろう、いずれ両親を施設に入れるつもりで用意していたって。なんとでもなるんじゃないか」

「そうですね……」

あとは気持ちの問題だろうか。両親がいつも手を合わせていたものを、彼女の手で終わらせる。私には関係のないことだ。今は、まだ。

「忘れないうちに返しておくね。どうもありがとう」

一星がベッドテーブルの上のアルバムを示す。今日も朝から何度も眺めていたというから、普段から昼間はよほど退屈なのだろう。

「今度は仏壇をどうしようかって悩んでいるみたいだよ。遺品整理もてこずっているみたいだし、やっぱり大変なんだねぇ」

「親と疎遠だったなんて言っているけど、きっと情が深いんだよ。何も考えないなら、片端からゴミ袋に入れていけばいいんだもの。作業的には大変に変わりはないけど、気分的にはずいぶん楽だ」

「親が毎年自分の成長を祝ってきた証（あかし）でもある、バースデーケーキのアルバムも気前よくシェフにあげるような人だけどね。やっぱり最後は全部捨てちゃうのかな」

一星は少しの間考えていた。

「母さんの時、親父は何もしなかったよ。全部そのままだった。手を付けられなかったんだと思う。きっと再婚のタイミングで思い切ったんじゃないかな。僕の想像だけどさ、ひとつひとつ確かめてしまえば思い出が蘇って手放し難くなる。だから『ごめんね』なんて言いながら、わーっと一気に全部処分したんじゃないかなって」

「あのお父さんが？」

「あの親父だからだよ。人のタンスなんて絶対に開けない人だもん」

「確かに亡くなった人のでも気が引けるよね。いや、亡くなった人だからか」

だからよけいに思い出ごと押し込めておきたくなる気がする。ひとつも零れ出ていかないようにと。

ふいに一星が言った。

「僕さ、その人、結局処分できないんじゃないかと思うよ」

「仏壇？　それとも遺品も含めて？　でも、どうするの。それじゃあ家も売れないでしょ」

「売らないで、帰ってくればいいんだよ」

「マンションは？」

「そっちを売ればいい。職場は日本橋だろ？　別に遠くないよ。二葉だって毎日、仕事の後で西荻窪からここまで通ってきてくれるじゃない」

「そういう問題かな」

「そうだよ。親との折り合いが悪かったんでしょ？　でも、もう口ゲンカする相手はいないんだ。それに」

一星の顔から笑みが消えていた。

アルバムを見て、と言われて、ベッドテーブルに手を伸ばした。

「古いほうだよ」

私は一冊目のアルバムを開いた。こちらに収められているのはすべて先代が仕上げたケーキの写真だ。

「一枚目と二枚目の写真を見てごらん」

上下に並んだ二枚を見比べる。ケーキのデコレーションはほとんど同じで、右下の日付はどちらも九月十八日だ。ただ西暦だけが一年ずれている。順番からすれば、「アルバムの女性」の一歳と二歳を祝うケーキということになる。

「あれ？」

ようやく私も一星の言わんとすることがわかった。

どちらの写真にも細いキャンドルが二本立っていた。

初めてこのアルバムを見た時、途中からキャンドルがなくなっていると思ったが、最初の写真に二本立っていることには気づかなかった。

「どうして？」

「どうしてだろうね」

「それに、ほら」

一星が最初の写真を指さす。

中央に『おたんじょうびおめでとう』と書かれたプレートが置かれ、それを支えるように、手前側の左右には生クリームがきゅっと絞ってあって、苺が載っている。そして、正面にも肩を寄せ合うように二粒並んだ苺があった。

私は二枚目の写真に視線を移し、次にパラパラとページをめくり、他のケーキも確認した。

一枚目のケーキだけ、苺の配置が違う。

プレートの手前に苺が二個並べてあるのは最初の一枚だけで、あとはすべてプレートの左右に一粒ずつ、背後にプレートを支えるように五粒、合計七粒の苺が置かれている。それなのに、一枚目の写真だけは、プレートの左右に一粒ずつ、手前に二粒、背後に三粒となっている。

合計七粒の苺を載せるのは、昔から変わらずラッキーセブンの意味があるらしい。

断面を見れば、中にもスライスされた苺が挟まれていて、それを合わせると四号サイズのケーキで合計十粒の苺を使うのがコイズミ洋菓子店のバースデーケーキである。

私は一枚目の写真の、手前にぎゅっと身を寄せ合うように配置された二粒の苺を凝視した。そして、一歳を祝うはずのケーキに、二本のキャンドル。

「そのお客さん、双子だったんじゃない？」

一星は写真を見つめたまま言った。

その言葉には大いに説得力があった。

考えもしないことだが、考えられないことではない。

私はまじまじと一枚目と二枚目の写真を見比べた。

「二人の一歳の誕生日だから、キャンドルは二本。昔のケーキはプレートが今のよりも小さいでしょ。だから二人分の名前は入れられず、『おたんじょうびおめでとう』のみ。予約の時、双子のお祝いだって聞いた先代のシェフは機転を利かせて、手前に苺をふたつくっつけて並べたんだ。仲が良い双子の象徴みたいにね。でも、何らかの事情で二歳になる前に一人になってしまった。アルバムの女性にとっては物心つく前の出来事だから、ご両親もずっと一人娘として育ててきたんじゃないかな」

前に一星がシェフから聞いたと話してくれたことがある。先代の頃のコイズミ洋菓子店は商品数も少なく、先代シェフも度々売場に出て店番をする妻とともに接客していたそうだ。

商店街に店を構える洋菓子店として、地域のお客さんと密接な関係を築いていたのかもしれない。

「あの女の人が家を出てからも、ずっと誕生日ケーキを買い続けてきたのは……」

「もう一人の子供の供養みたいなものかもしれないね」

まさに死んだ子の年を数えるという行為だ。

前に一星が何気なく漏らした言葉を思い出した。

「あの人、きっと知らされていないよね。お母さんが亡くなった時、戸籍謄本もちゃんと見ていないと思う。だって、あのアルバムを持ってきた時、すごく興奮していたもの。親とは疎遠にしていたけど、愛されていたことを噛みしめているような感じだった」

「なら、それでいいよ。だって、そのおかげで今も丁寧に遺品整理を続けているんだからね」

一星はにこりと笑うと、ふっと目を伏せ、「でも」と言った。

「仏壇ってさ、収納スペースがあるじゃない。お年寄りは大切なものを仏壇にしまったりするよね。もしもそのお客さん、本当に仏壇を処分しようとして、じっくり中を見たらさ、位牌(いはい)だって見つかるだろうし、ふたつのへその緒とか、何だか色々と見つけちゃうかもしれないね」

私はどきりとする。

再びニコニコと笑いながら一星は続けた。

「それを見たら、彼女、やっぱり処分なんてできなくなっちゃうんじゃないかな。そう思ったんだよね」

それどころじゃない。彼女はどれだけ驚き、ショックを受けるだろう。

これまでの自分の歩みや、両親に対しても疑念を抱くに違いない。

せっかく今になって歩み寄ることができたというのに。

どれだけ問いただしたくても、それができる相手はもういないのだ。

ああ、もう一人の子供が生きていれば。娘が何事につけても反抗し、家に寄りつかなくなったなら、老いた両親はそんなことも考えたりしなかっただろうか。

「先代のシェフには、そういう機転があったんだ。でも、今のシェフになってからのケーキは全部画一的だね。そもそもお客さんのことなんて見ていない。せっかく店構えも変えて、新商品も次々に出しているんだからさ、そろそろシェフの新しいバースデーケーキにしてもいいんじゃないかな。厨房の奥で予約のケーキを仕上げるだけじゃ、とっさの機転なんてできやしないよ。もっとお客さんの前に出るよう言っておかないとね」

一星はもうアルバムからは興味をなくしたように、私に笑顔を向けた。

「……そうだね。お父さんのほうが一枚上手みたい」

私の気持ちはまだ落ち着いていない。

「でもそれは、退院したら一星が直接シェフに言ってよ。私からはとても言えない」

「わかった。退院はもうすぐそこだからね」

一星はベッドテーブルに手を伸ばすと、ゼリー飲料のパックに口をつけた。

今日までは七分粥だった食事が、いよいよ明日からは常食になるという。

柳原先生が順調だと言っているのだ。ならば、何も心配はない。

何よりも、食事が摂れるようにならなければ家に帰れないのだから。

ジジ、と天井のスピーカーから雑音が漏れた。面会時間終了のアナウンスが流れるのだ。

「じゃあ、また明日ね。一星」

私はベッドテーブルのアルバムを抱え、立ち上がった。

「うん。気をつけて」

カーテンを出る時、一星が弾んだ声で呼び止める。

「二葉、しっかりご飯食べるんだよ」

抱えた薄いアルバムが、ズシリと重く感じた。


土曜日の開店直後、アルバムの女性が来店した。こんな時間に来るのは珍しい。

やけに興奮した様子に急に不安になった。

一星が言ったように、本当に仏壇の中から何かを見つけてしまったのではないか。

「あっ、シェフいる？　シェフ、呼んでよ」

私は落ち着かない心臓を必死に宥めながら、シェフを呼びにいった。

開店直後の店内に他の客はまだいなかった。

渋々厨房から出てきたシェフも、すぐに鼻息を荒くした彼女に気づいて、怯えたような表情を浮かべている。

「もしかして、仏壇の件、解決したんですか」

「私、出世しちゃったのよ」

「出世?」

私とシェフは突然飛び出した単語に声を揃えた。

「そう! 新宿に新しく営業所を構えることになってね、そこの責任者に抜擢(ばってき)されたの! 突然の人事で驚いたけど、これ、ウチの会社ではすごいことなのよ」

彼女がどこの会社で何の仕事をしているかまったく知らないが、明らかに浮かれた様子を見れば、実際に素晴らしいことなのだろう。つまり上機嫌なのは実家の遺品整理とは関係なく、仕事上での成功によるものだ。

「じゃあ、ますます忙しくなるんじゃないですか。さっさとこちらの件もカタを付けないと……」

いつもよりさらに勢いのある彼女に押されながら、シェフが引きつった笑みを浮かべた。

「急ぐ必要、なくなったの」

「え?」

「もういっそ、ここに住んじゃおうって思って。職場も新宿になるしね」

「ええっ？」

反射的に声を上げたシェフも、次には「ああ、なるほど……」と気の抜けた反応を示した。何とも人騒がせな人だなという、シェフの本音が手に取るようにわかる。しかし、私が大いにほっとしたのも事実だ。

「じゃあ、仏壇もそのままですか」

「そうね」

「でも、先週あれから、菩提寺にご相談にいかれたのでは……」

つい気になって訊いてしまった。

「そのつもりだったんだけどねぇ、正直、これまで仏壇なんてよく見たことなかったのよ。祖父母の代からある古い物だったしね。なんかさ、位牌もいくつかごちゃごちゃと並んでいるわけ。そういうのを見ちゃったら、もう私の手に負えるものじゃないって思ったのよ。だから、結局そのままなの」

その口ぶりから、それぞれの位牌や仏壇の細部まで確認したわけではないと確信した。この女性は何ひとつ疑問など抱いていない。

ほっとした私になど気づかず、彼女はいつもの調子で話を続ける。

「仏壇のことで今週はずっと悶々としながら仕事をしていたのよね。別にご先祖様をないがしろにするわけじゃないけど、ここで私が処分なんかして、バチでも当たったら嫌だなぁってね。そんな時、上司に呼ばれたの。まさか、さっそく何かよからぬことでも起こるんじゃないかって身構えたのよ。そしたら正反対。新しい営業所を私に任せたいですって。それで昨日、正式に辞令が出たの。ねぇ、これって、ご先祖様のおかげじゃない？」

彼女はそれまでの笑みを消すと、真剣な目でじっとシェフを見つめた。

「さあ、それは何とも……」

シェフがやや身を反らしながら答えると、彼女は楽しそうに笑った。

「そうよね。でもこうなったら、もう処分なんてできないじゃない。むしろ毎日手を合わせたいくらいよ。それなら私がこっちに住むしかないわけ。それで早速、昨日の夜から来ているの。新しい仕事が本格的に忙しくなる前に、引っ越しの算段まで付けたほうがいいじゃない？」

それで一晩のうちに、家具や家電を実家のものと自分のマンションのもの、どちらを残すかほぼ検討を終えたそうだ。

私とシェフは、今日も威勢の良い彼女の話にすっかり圧倒され、茫然とするばかりだった。いや、彼女の口調だけではない。語られる決断力や行動力、そのバイタリテイー溢れる姿が眩しくて仕方がない。

「大きい家電は全部実家のものを使うことに決めたのよ。私、昨日、冷蔵庫を見ていて気づいちゃったのよね。何だか違和感があるなと思ったら、実家の冷蔵庫、左開きなのよ。そうなの。母親が左利きでね、買い替える時、父親がこっちのほうが便利だろうなんて言っていたのを思い出したのよね。ずっと子供の時の話よ。その後買い替えたのも左開きにしたのね。そういうのをひとつひとつ思い出すとさ、やっぱり遺品整理もまだまだ時間がかかりそうなのよねぇ」

彼女は照れ隠しのように明るく笑った。

「今日は、アレちょうだい。ええと、『コイズミ純白ロール』！」

「一人には大きいとおっしゃっていませんでしたか」

シェフが心配そうに訊ねた。彼女がさほど甘い物好きでないことは、何となく私もシェフも感じ取っていた。食べるけれど多くはいらない。そんな感じだ。

「まぁね。でも子供の頃、時々母が買ってきてくれると嬉しかったのよ。だから今日は仏壇にお供えするわ」

「それはありがとうございます」

シェフが微笑み、私はショーケースから取り出したロールケーキを丁寧に箱に入れた。

彼女のご両親に私からもメッセージを込める。

ちゃんと娘さんは実家に帰ってきてくれましたよ、と。

朗らかに手を振って玄関を出た彼女は、ふと足を止めて振り返った。

「そういうことで、これからはずぅっとご近所さんよ。よろしくね、シェフとお姉さん。私、いつの間にかここのケーキのファンになっちゃったみたい」

私たちは閉まったドアをいつまでもぽかんと見つめていた。

一星の退院が決まったのは、それから一か月後のことだった。

第五話　注文だらけのオリジナルケーキ

最近の一星は空ばかり見ている。

退院まであと三日。

あれだけ待ち望んでいたというのに、いざ退院となるとやっぱり不安なのだろうか。

昨年九月末の入院からおよそ八か月を病院で過ごした一星は、すっかり痩せて体力も落ちている。どこまで以前と同じような生活を取り戻せるかわからない。

私でもこんなことを考えるのだから、当人はもっと心配していても不思議はない。

数日前から何度も「退院したら何が食べたい？」などと訊ねる私は、まるで一星のことを気にかけずに自分だけがはしゃいでいるようだ。

「空ばっかり見ているね」

窓の外は星のない暗闇で、病室の様子を鏡のようにくっきりと映している。もっとも面会時間の終わるこの時間は、どのベッドもカーテンを巡らせているから、窓に映るのはアイスブルーのカーテンを通した病室の照明に包まれる私と一星だけだ。

「十五階からの景色も見納めだなぁと思ってさ」

一星はくしゃっと顔を歪めて笑った。

「ベッドからだと、空しか見えないじゃない」

私はスチール椅子から立ち上がり、窓の外を見下ろした。すぐ下は築地市場、その向こうに晴海方面のマンション群の明かりが見える。

「三日後には三鷹のアパートだよ。リハビリも兼ねて、また畑の中の小道を散歩しよう」

「この季節、肥やしの臭いがするんだよなぁ」

一星が顔をしかめた。

「いいじゃない。今は庭先のお花も綺麗な季節よ。ほら、畑のそばにできた建売住宅。どの家も競うようにお庭の手入れをしていてね、この前までハナミズキが満開だったし、チューリップに春バラ、オダマキにパンジーがいっせいに咲いていて、本当に綺麗だったんだから」

「知っている。そしてガレージにはどの家もちょっとオシャレな車を停めているんだ。僕もいずれ、二葉とこんな家に住めたらいいなぁなんて考えていたよ。パステルカラーの軽自動車でも買ってさ」

「いいねぇ。休みの日にちょっと遠くのパティスリーにも行ける。私、川崎に行きたいお店があるの。車じゃないと不便な場所なんだ」

「いいね、行こう、行こう」

願望なんてキリがない。私たちは顔を見合わせて笑った。

私たちにとっては遠い、遠い望みだとわかっているから、いくらでも勝手なことが言える。でも、それを認めたくはない。

「……退院したらそういう夢に少し近づくね。これからは私たちのペースで夢を叶えていこうよ」

私は微笑んだ。

ジジ……と天井のスピーカーから雑音が流れた。飽きるほどに聞いた面会時間終了の案内が聞こえてくる。

「じゃあね、一星。とにかくあと三日だから。私、楽しみにしているんだからね」

「うん。僕もだよ、二葉。ちゃんと食べるんだよ」

小さく手を振ってから、楽しそうに笑う。

「このやりとりもあと二回か。何だかそれも寂しいな」

「バカ」

私も笑い、一星の頭を軽く小突いてから手を振った。一星も微笑みながらもう一度手を振り返す。

病院の外に出ると生温(なまぬる)い風が吹いていた。地下鉄の階段を下ると、さらに構内は蒸し暑い空気に満ちている。

季節は廻(めぐ)り、秋の初めから始まった入院生活は厳しい冬を越えて、再び汗ばむ季節を迎えようとしていた。

「とうとう一星も退院か。頑張ったな、河合さん」

しみじみとシェフが言った。

開店前のコイズミ洋菓子店。いつものようにショーケースの確認が終わったところである。

「嬉しい反面、不安も大きいですけど」

「でも、ホッとしただろ?」

「なにせ八か月ですからね。このまま病院から出られないかもって何度思ったことか」

「どれでも好きなケーキをプレゼントするよ。退院祝いだ」

「ありがとうございます。でも、どんなものをどれくらい食べられるか、まださっぱりわからないんです。改めてお願いしてもいいですか」

「さすがに八か月入院した後だからな」

その間、絶食がおよそ六か月。私の当面の使命は、一星にしっかりと食事をさせ、体力を回復させることだと思っている。

「ところで河合さん」

「はい」

「退院の日は、当然迎えに行くよね？」

「ええ、行きますけど」

それだけでなく、毎日通っているのはシェフもよく知っているはずだ。

「時間は決まっている？」

「十二時に来るように言われています」

当日は横浜のお父さんも車で病院に来てくれることになっていた。

「そんな時に申し訳ないが、お使いを頼まれてくれないか」

「お使い？」

「特注のオリジナルケーキの予約が入ったんだ。包装にもこだわりがあって、ウチのものではダメなんだよ」

「予約？　私、受けていませんけど」

「俺が受けたんだ。朝早くに電話があってさ。まだ先の予約だから伝え忘れていた」

シェフは慌てて手を合わせた。たまにそういうお客さんもいる。洋菓子店は早朝から仕込みを始めることを知っている、近所にお住まいの方ではないだろうか。

「そのケーキの包材を買ってくればいいんですか？」

「頼む。病院は築地だったな。銀座に文房具専門店があっただろ。そこに寄って、綺麗な包装紙とリボンを買ってきてほしい」

銀座の文房具専門店。私がケーキの記録を綴っている日記帳を買ったお店だ。舶来の品も豊富で、見ているだけでも楽しくなる。

「構いませんけど、どんな包装をご希望なんですか。その前にケーキですよね、ケーキのイメージに包装も合わせますか。それにサイズはどれくらいでしょう」

コイズミのケーキ箱はいたってシンプルな白い紙箱だ。きっと予約のお客さんはそれでは不満で、オリジナリティーを持たせたいのだろう。

そもそも生菓子の箱に通常はラッピングなどしない。以前、箱にリボンを掛けてほしいと言われたことがあるが、繊細なケーキが入っているだけにかなり神経を使った。

「四号サイズのホールケーキ。デザインはまだ固まっていない」

「オリジナルのホールケーキですか」

「細々と注文があってなかなかまとまらない。だから先に包装紙だけでも用意しておこうと思ってね。女性へのプレゼントらしいから君に頼みたい」

色彩センスを私に丸投げするシェフは、この店のイメージカラーをペールピンクにした張本人である。また面倒なことを押しつけてと思ったが、現状、厨房に籠もりきりのシェフが自ら包材を選びにいくのは難しい。そして、私もそういうことが嫌いではない。

「わかりました。それにしても厄介な予約ですね。プロポーズにでも使うつもりでしょうか」

「ああ、そうかもしれないな。本当に悪い。せっかくの退院の日に」

シェフは言葉だけはすまなそうに、でも全然そうは思えない、いつもの淡々とした口調で言った。

その夜、病院に行くと、一星はスマートフォンを弄っていた。

「どうしたの。珍しいね」

一星はあまり連絡がまめなタイプではなく、私にさえめったにメッセージをよこさない。私としてはもっとやりとりをしたいのだが、一星を煩わせてはいけないと思い、だからこそこの八か月、こうして毎日病院に通ってきたのだ。

「親父から退院の日の迎えの確認連絡。ついでに、義母さんの誕生日の相談」

「へえ、何だか可愛いね」

「だろ？　そういえば、昔からそうだったなぁ。ほら、僕は学生時代コイズミでアルバイトしていたから、女の人はどんなお菓子を好むのかって、訊かれたことが何度もある」

お父さんのスマートな佇まいを思い出し、思わず吹きだした。

「意外。そういうの、得意な人かと思っていた。クリスマスに私にもプレゼントくれるくらいだもん」

そこで、私は今日のシェフとのやりとりを一星に話した。コイズミにもプレゼントらしきケーキの予約が入っている。

案の定、一星はすぐに興味を示した。

「そりゃ、ワクワクする予約だね。いったいどんなお客さんがケーキを取りにくるんだろう。シェフが仕上げる特注ケーキも楽しみだね」

「そうでしょう？　入院中の最後の謎だね。答えが出るのは退院してから。でも、いったいどんな包材を用意すればいいんだろう」

　要望は女性が喜びそうなデザインとのことだったが、色も模様も人によって好みはそれぞれだ。引き受けたはいいが、さっぱりわからない。

「細かく言われたわけじゃないんだから、二葉のセンスで選べばいいんじゃない？　そうだな、二葉だったらどんなラッピングのプレゼントをもらったら嬉しい？」

「そう言われるとますます自信がないよ。そもそも、私はこうだからね」

　制服替わりの黒いワンピースの裾を引っ張って、一星に見せた。

　一星は小さく微笑んで首を振った。

「それは違うよ。二葉は黒いワンピースが着たかったわけじゃない。ピンクの制服を着た自分が想像できなかっただけだ。いいじゃない。お客さんのプレゼントなんだから、いっそ本当に二葉がいいなって思うものを選んじゃえば」

　一星の言葉に目から鱗(うろこ)が落ち、少し気持ちが楽になった。

　私がいいと思うもの。

　チラリと自分の黒ワンピースを見下ろした。

　コイズミ洋菓子店の本来の制服は、お店と同じ色、ペールピンクのワンピースだ。

面接に訪れた店でその制服を初めて見た時、あまりの可愛らしさにぼうっとした。同時に、こんな可愛い服はとても自分は着られないと思った。そう、似合うはずがないと思ったのだ。

いよいよ退院の日がきた。

前日は真夜中までかかって部屋を念入りに掃除し、そのまま気分が高ぶって朝までほとんど眠れなかった。一星が本当に帰ってくる。そう思うと、寝不足にもかかわらず頭は冴え冴えとして、疲れも感じなかった。

身支度を整え、家を出る前に本棚の日記帳を開いた。

ケーキの記録をパラパラとめくる。半分以上がこれまで一星と食べてきたケーキだ。せっかくこの日記帳を買った文房具専門店に行くのだから、もし残りのページが少なければ新しい物を買ってこようと思ったが、まだ必要はなさそうだった。でも、これからは確実にまた記録が増えていく。そう思うと自然と口元がほころんだ。

いつもは乗り換えしかしない銀座駅から地上に出るのは久しぶりだった。

平日なのに驚くほどに人通りが多く、どのビルもショーウィンドウのディスプレイが競うように華やかだった。ショッピング中らしき女性たちはいかにも楽しげに、スーツ姿のビジネスマンはどこか洗練されて見える。

ふと、無性にこの街を一星と歩きたくなった。

楽しいことだけ考えて目的もなくぶらぶらと歩き、最後はデパ地下でケーキを選ぶ。帰りの電車の中では、夕食のデザートに一緒にケーキを食べることが新しい楽しみになる。楽しいことの連続。そんな日々がずっと続いたらどんなにいいだろう。

私はふっとため息をもらした。

一星と歩くなら、三鷹の畑の間の肥やし臭い道でも十分幸せだ。

たぶん今の私はどんな小さなことも幸せと思える。横に一星さえいてくれれば。

そんなことを考えながら、私は文房具専門店に足を踏み入れた。

入ったとたん、紙とインクの混ざり合ったような独特の匂いに包まれる。整然と並んだ色とりどりの文房具が視界いっぱいに飛び込んできた。びっしりと並んだ素敵なポストカードに後ろ髪を引かれながら、ラッピング用品を扱うフロアを目指す。

私は少しホッとした。当たり前の楽しみを置き去りにしたような毎日を送っているけれど、こういう場所で心が躍る気持ちを忘れたわけではないのだ。

上層階にあるラッピング用品の売場は、一般的な文具売場よりも人が少なかった。女性へプレゼントするケーキ。

贈られる相手は幸せだなと思う。そしてケーキを贈る人はきっとロマンチストだ。
お渡しの日時を聞き忘れていたが、いったいどんなお客さんが取りにくるのだろう。
そんなことを考えながら、私は棚の端からじっくりと包装紙を見ていった。本当に
プロポーズに使うのだろうか。それとも一星のお父さんのように、連れ添う相手に愛
情と日頃の感謝を込めて贈るプレゼントなのかもしれない。
いずれにせよ、恐らく愛しい相手に贈るプレゼントだ。二人で眺める世界は、鮮や
かな明るい光に満ちているに違いない。そう、一星と一緒になった時、私に世界がそ
う見えたように。
そして、今も私は一星との未来を懲りずに夢見ている。
ふっと包装紙を引き出した指が止まった。
ああ、これだ。
私はその一枚を抜き出し、うっとりと眺めた。
手触りもいい。私は嬉しくなった。
無事に役目を果たし、余裕を持って病院に到着した私は、通い慣れたカフェに立ち
寄った。
カフェラテを注文し、カウンターをチラリと見たが、ハシビロコウの姿はなかった。

代わりにおばあさんが一人、むしゃむしゃとサンドイッチを頬張っていた。これから面会なのだろうか。病気の家族を支えるには自分の体力も重要だ。きっと彼女にはそれがよくわかっている。その姿に、病気に立ち向かう意気込みのようなものを感じて、私もつい姿勢を正した。

「……もしかして、退院ですか？」

顔なじみの店員は、カフェラテを用意しながら遠慮がちに訊ねた。

私は口元が緩むのを抑えきれず、コクリと頷いた。それを見て、彼女も心から嬉しそうに微笑んでくれた。

「おめでとうございます。実はこの前たまたま見かけたんです。ご主人と一緒に売店に行くところでした。それで、もうそろそろかなって。ふふ、ご主人、黒塚先生ともよく歩いていますよ。リハビリでここまで来る方は珍しいからよく覚えていたんです。あの患者さんがご主人だったんですねぇ」

「おかげで、ようやく退院です」

私が知る以上に、一星がリハビリを頑張っていたことに驚いた。

私はもう一度チラリとカウンターに視線を送った。

「今もいらっしゃいますか」

「三週間に一度です。お二人で。胡桃マフィンを召し上がりますよ。それは仲良く」

「よかったですね」

「はい」

カフェラテを受け取るといつもの席に座った。ここからの眺めも今日で最後だ。そう思うと、八か月のことが一気に胸に押し寄せてきて瞼（まぶた）が熱くなった。

頑張った。本当に頑張った、一星も私も。

カフェラテを飲み終え、店を出ると通い慣れた十五階に向かう。

お昼時の病棟は、今日も醤油とお出汁とほのかに甘い、ちょっぴり懐かしい匂いがした。

一星の食事は朝までのはずだから、お腹が空くだろうとカフェでタマゴサンドを買っておいた。入院中の規則正しい生活を乱してはいけないと思ったのだ。

一星はすっかり着替えを済ませて私を待ち構えていた。

病院指定の寝間着姿ではない一星を見るのは久しぶりだった。入院した時の白いシャツとグレーのパンツ。痩せたために腰回りがだいぶ余っている。なにやら初めて会う人のように照れ臭い。

「遅いよ、二葉」

「遅くないよ。十二時って言ったのは一星じゃない。ほら、まだ五分前」

「朝イチにしておけばよかった」

「横浜から来るお父さんを気遣って十二時にしたのは一星でしょ。そうじゃなきゃ、私もシェフのお使いを引き受けられなかったよ」

　私は文房具専門店のロゴが印刷された紙袋を示した。重さはないが、包装紙に折り目が付かないようクルクルと丸めてもらったため、紙袋から飛び出している。

「いいのが見つかった？」

　一星は興味深そうに紙袋を覗き込んだが、細く巻かれた包装紙は、さらに文房具店の包装紙で包まれていて、まったく中身がわからない。

「たくさんありすぎて迷っちゃった。でもね、ケーキを選ぶのと同じくらい楽しかったよ。包装紙もリボンも、色とりどりの素敵なものがたくさん並んでいるんだもの」

「へぇ。良かったじゃない。ところで、例のモノも持ってきてくれた？」

「もちろん。柳原先生に直接挨拶できないのは申し訳ないけど」

「外来の診察中だから仕方がないよ。大丈夫。昨日、僕からちゃんとお礼を言っていたから。先生も退院を喜んでくれていたよ。そうそう、次は二週間後に来るようにって」

「退院後、初の検査？　それとも普通の診察？　これからも前みたいに二か月に一度CTを撮るのかな」

「CTは昨日撮ったよ。その所見も含めて、退院後の様子を聞きたいんだと思うよ。先生も三鷹から何度も足を運ばないで済むように考えてくれているんだ」

「そう」

「じゃあ、行こうか」

一星は立ち上がった。足元はスリッパではなく、スニーカーだ。一星はようやくここから解放される。

私たちは同室の患者たちに見送られて病室を出た。中には「長いお勤めご苦労さん」などと声をかけてくれる人もいた。あまり交流がなくても、単調な日々の中、みんな何となく他のベッドの患者を気にしている。最古参の一星の退院は、患者たちにとってどのように映るのだろう。

ナースステーションに寄り、一星から頼まれていた〝例のモノ〟ことコイズミ洋菓子店の焼き菓子ギフトを渡して「お世話になりました」とお礼を言った。昼食時のためにほとんどの看護師が病室に出払っていたが、数人が「おめでとう」と言ってくれた。

自殺騒動があってからは、昼間病院に行けない私の代わりにかなり気にかけてもらった。柳原先生にも、同じものを渡してもらえるように預けておく。

私たちは看護師にも見送られて、いよいよエレベーターに乗り込んだ。

「コイズミのお菓子、喜んでくれるかな」

一星が地上に向かう小さな箱の中で言った。

「いつもはそんなことしないじゃない。珍しいね」

「まぁ、さすがに八か月もお世話になったしね。差し入れという形なら受け取ってもらえるみたいだったから。それに、これが最後の入院って気がしたからさ。ごめんね、二葉。重かったでしょう」

「最後の入院？　それは頼もしいね」

私は嬉しくなって笑った。楽天的な思考は気持ちを楽にしてくれる。たとえそれが私への気遣いだとしても、一星がそう信じるなら私も信じたい。

焼き菓子ギフト二箱はそれなりに重かったけれど、退院の喜びが大きいため、まったく気にならなかった。一星に数日前に頼まれた時は、私が思い至らなかった夫の気配りに恥ずかしくなったほどだ。

私が清算を済ませている間に、お父さんの青いシエンタもロータリーに到着していた。

「おめでとう、一星」

「ありがとう、親父。本当に長かったよ」

一星は晴れ晴れとした顔で、大きく外の空気を吸い込んだ。

私もその横でよく晴れた空を見上げた。ようやく一緒に帰れるのだ。

普段はもっぱら一星のお義母さんが使っているという車には、生活の匂いがしみついていた。

ドリンクホルダーに入った飲みかけのジュース、キャラクターのクッション、妹の塾のバッグと弟の帽子にスナック菓子の袋。後部座席に置きっぱなしの荷物を無理やり押しやって、一星と私の座る場所を作ってくれたようだ。

「ごめん、ごめん。まさかこんなに散らかっているとは思わなくて。母さんもおっちょこちょいだから、私が車を使うこと忘れていたみたいなんだ」

恥ずかしそうにハンドルを握るお父さんは、きっと今日の休みを取るために、昨夜は遅くまで仕事をしていたのだろう。

私には家族四人の気配が感じられるこの空間が心地よかった。ここには私と一星に叶うはずのない未来が詰まっていた。

ドライブは久しぶりだからどこか寄り道したいという一星を必死に宥め、お父さんは容赦なく銀座から首都高に入った。これで高井戸まで寄り道はできない。

高井戸で高速を降りてもアパートまで直行だよ、と言われ、口を尖らせた一星もすぐに私の横で寝息を立て始めた。これだけのことでも疲れてしまったのだろう。

「ありがとう、二葉さん」

バックミラー越しに目が合ったお父さんが言った。

「いえ、こちらこそ。仕事を休んで迎えにきていただいて……」

「そんなことはいいんだ。一星は二葉さんに支えられている。母親が亡くなった時、一星には『お母さんのところに行きたい』ってずいぶん手を焼かされてね。あの時はどうしたらいいか私も困ったよ。こっちだって同じ心境だったからね。でも、君のおかげで一星は必死に生きようとしてくれている。本当にありがとう、二葉さん」

お父さんの言葉がじわりと胸に沁みた。

こんな私でもちゃんと支えになっているのだ。私もただ一星と一緒にいたいだけなのに。

改めてそう実感すると、ますます一星が愛しくてたまらなくなる。

アパートに到着すると、お父さんは二階の私たちの部屋までスーツケースを運んでくれ、すぐに帰っていった。夕方には子供たちの塾の送迎を頼まれているそうだが、お父さんの日々は充実しているように見えた。休みの日まで忙しそうだけれど、私たちへの気遣いもあるに違いない。

部屋の鍵は一星が自分で開けると言い張り、部屋に入ると「懐かしい匂いがする。我が家の匂いだ」と感極まった声を上げた。そして、改めて私に向かい、「ただいま！二葉」と抱きついてきた。

「おかえり、一星」

私は一星の背中に手を回した。本当に長かった。いつもどおり一か月程度の入院のつもりで家を出たのに、さらに七か月もかかったのだ。一緒に過ごすはずだったクリスマスも、お正月も、バレンタインも、桜の季節もすべてお預けだった。その間の二人の時間をこれから取り戻すことができるのだろうか。

一星は懐かしそうにあちこちを確かめながら、玄関からキッチン、リビングへと慎重に進んでいった。

「あっ」

リビングの入口で一星が声を上げて立ち止まる。

「ずっと欲しがっていたでしょ？」

六畳間の一角に置かれた大きなクッション。一星が入院した時にはなかったものだ。

「うん、ずっと欲しかった。でも、ねだるたびに部屋が狭くなるから嫌だって買ってくれなかった。とうとう買ったの？」

「半年以上前にね」

「こんなに長く入院すると思わないでしょ。これまでみたいに一か月もしないで退院すると思って、九月の末、手術が終わった翌日に注文したの。人気商品で発送まで三週間かかるって言うから、退院祝いにはちょうどいいなって。それから何か月経ったと思う？　クッションも私も待ちくたびれちゃったよ。本当におかえり」

「ありがとう」

一星は再び私に抱きついた。その勢いで二人とも倒れ、私たちは大きなクッションにすっぽりと埋まった。しっかりと二人を受け止めてくれ、肌触りもいい。私たちは最高だと笑い合った。

ずっと前に見るはずだった一星の笑顔に、改めて私の心に安堵が広がる。おかえり、とクッションに埋もれながら私は何度も心の中で繰り返した。

その時、一星のお腹が鳴った。車では眠ってしまったため、サンドイッチを食べそびれていた。一星は恥ずかしそうに笑い、そっとお腹を撫でた。

病院では、お腹が鳴っても何も食べさせてあげることができなかった。けれど今は違う。

「ちょっとだけ待っていてね」

私は幸せを嚙みしめながらキッチンへ向かった。

昼食はうどんを茹(ゆ)でた。玉子とほうれん草しか入っていないシンプルなうどんだが、一星は「美味しい、美味しい」とやたらと喜んでくれた。私はタマゴサンドをかじりながら、ちゅるちゅると嬉しそうにうどんをすする一星をいつまでも眺めていた。

退院の日を含めて、三日間コイズミ洋菓子店を休んだ私は、久しぶりに甘い香りの漂うペールピンクの店に出勤した。

一星は元気いっぱいとまではいかないけれど、家の中ならば自由に動けたし、疲れると大きなクッションに倒れ込み、いつの間にか眠っている。そう心配することもなかった。

私はシェフの作業台に向かい、お使いを頼まれていた文房具専門店の紙袋を渡した。中には包装紙とリボンが入っている。

「どうだい、一星の調子は」

「家に帰って安心したみたいです。眠ってばかりですけど、そのうちコイズミにも行きたいって言い出しますよ」

「そりゃ、楽しみだ。さて、河合さんはどんな包装紙を選んだのかな」

シェフは巻かれた包装紙をクルクルと開いて、私の顔と交互に見比べた。

「華やかだね、少し意外だった」

「女性へのプレゼントとのことですから」

私が選んだ包装紙は鮮やかなオレンジ色である。もちろん安っぽくない紙質と発色のものをじっくりと選んだ。リボンはぐっと引き締めてダークグリーン。潑溂とした明るさと、大人っぽさを組み合わせるイメージだった。

最初は若いお客さんばかりを想像していたが、ふと一星のお父さんのことを思い出したからだ。大切な相手へのプレゼントは、けっして若い人だけのものではない。

でも、基本的には一星のアドバイスに従った。

私だったらどんなデザインが嬉しいか。

待ち焦がれた退院ということで浮かれていたせいもあるが、もともと私は明るい色が好きだった。バラやサルビアの赤、タンポポやヒマワリの黄色、チューリップや芝桜の嘘みたいに鮮やかなピンク。故郷の田舎町ではどの家の庭にも鮮やかな色があった。

おそらく雪に閉ざされた暗い冬を知っているからだろう。自然の鮮やかさは私にとって希望だった。ただ、そんな色を好きだと言える雰囲気をかつての私は持ち合わせておらず、目立たぬ地味な色を自分に押しつけてきた。

でも、たぶん一星だけはそれに気づいてくれていた。

一星が素朴なケーキを好むのに対して、私が選ぶケーキはいつもフルーツの載った鮮やかな色のものばかりだったのだ。

「肝心のケーキのイメージは決まったんですか」

シェフは口元を歪めた。

「それが、まだ悩んでいるんだ」

「ホールケーキでしたよね」

「そう。しかもオリジナルだ」

「いいデザインが浮かんだら、いっそバースデーケーキのデザインも変えちゃえばいいじゃないですか。先代のものを踏襲するのもいいですけど、それは『コイズミ純白ロール』に譲って、今こそシェフのオリジナルデザインに変えてもいいのでは」

思いつきで言うと、シェフはがくりと肩を落とした。

「……この前、過去のバースデーケーキのアルバムを見せられて、自分の進歩のなさを突きつけられたからね。でも、予約のケーキで悩んでいる時に、さらに難題を押しつけないでもらいたいな。俺はすでにいっぱいいっぱいだ」

「いい機会だと思ったんですけど、やっぱりダメですか」

わざとらしくため息をつくと、仕返しのようにシェフが言った。

「そういえば、河合さんが休んでいる間に新作を考えたんだった。後で持っていく」

私は言葉を失った。ショーケースに並べきれるのだろうか。

大急ぎで売場に行き、開店準備を始める。

掃除を終えると、いつものようにショーケースにプライスカードを並べ、仕上がったケーキから並べていく。いったいどんなケーキをシェフは考案したのだろう。

一般的に「Zの法則」と呼ばれる、お客さんが真っ先に視線を送るというショーケースの左上の位置は、いつも売れ筋や新商品の場所と決めている。一番人気のショートケーキの横を一列開けて、私はシェフが出てくるのを待ち構えた。

「おまたせ、新作だ。ガトーショコラの代わりに今日から並べる」

「ガトーショコラは終売ですか」

ならば先に言ってほしかった。しっかりスペースを確保してしまっている。

「最近は気温も上がってきたし、濃厚なチョコは少し暑苦しい。真夏にはオレンジ風味のチョコムースを出すから、それまで休みにして、代わりはこれだ」

シェフはケーキが並んだトレイをショーケースの上に置いた。

淡い色合いのクリームでコーティングされた直方体のカットケーキだ。上には青梅のコンポートが飾られている。

「涼しげですね」

「そうだろう。初夏限定。梅ジャムと梅ゼリー、ホワイトチョコをビスキュイに重ねた。外側のクリームはコンポート液を少し加えている。香りづけ程度にね」

「こういうお菓子、和菓子屋さんにもありますよね。薄皮のお饅頭の中に白あんで包んだ青梅が一粒入っている……」

「バレたか。……実は『善ぷく』さんからのアイディアだ。意外と高齢のお客さんも多いから、たまにはこういうのもいいと思ってな」

私の頭に犬のおばあさんの顔が浮かんだ。これまではほとんどお客さんに関心を示さなかったシェフも、一星の謎解きに私がたびたび巻き込んだせいか、自分のケーキを買っていくお客さんに興味が湧いてきたらしい。

向かい合って座った私は、「いくよ」ともったいぶってケーキの箱を開けた。新作はシェフには珍しい和素材のケーキだ。きっと一星も驚くに違いないと楽しみだった。思ったとおり一星は中を見たとたんに歓声を上げた。箱に閉じ込められていた青梅の爽やかな香りが溢れ出す。

まずは『青梅』をお皿に載せ、「どうぞ」と一星の前に置いた。

しかし、一星は「先に二葉でしょ」と皿を私の前に押し返した。

「え？」

「これまでだってそうだったじゃない。まずは二葉がじっくり観察する。写真はいいの？」

そうだった。日記帳に記録するため、いつも早く食べたそうな一星を待たせて、私は写真を撮ったり、形やサイズ、香りなどを子細に観察したりして記録していた。

「そうそう！　早く一星にシェフのケーキを食べさせたくて焦っちゃった」

私は慌てて立ち上がって、棚から日記帳を引き出した。いつもきちんと奥まで差し込んであるはずが、少し手前に浮いていてあれと思った。

「いつから食べていないの？」

一星がこちらを軽くにらんでいた。私はドキッとした。

そう、私はこの八か月、いっさいケーキを食べていない。ケーキだけでなく甘いパンやお菓子さえ避けてきた。

一星が入院しているのに、ましてや禁食のため大好きなケーキはおろかお粥さえ食べられないのに、私ばかりが好きなものを食べるわけにはいかなかった。私も一緒に我慢すれば、一星の回復が早まるような気さえしていた。

ケーキ屋で働きながら試食もしないのは難しかったけれど、何とかシェフたちにも気取られず、その分熱心に説明を聞いて、お客さんにはこれまでどおり商品説明をしてきた。

「二葉にとっても久しぶりのケーキなんじゃない？」

どうやら一星は私の秘密も解いてしまったらしい。

「おかしいと思ったよ。病院のカフェでもいつもタマゴサンドを食べているなんてね。だって、前はサクランボのデニッシュが美味しかったとか、ケーキが何種類もあるんだよ、なんて、検査が終わった僕に嬉しそうに話してくれたじゃない。それなのにあの二葉が毎回タマゴサンドなんて納得いかなかったんだ。もしかして僕のために願でも掛けているのかと考えてもおかしくないよ」

私は言葉が返せない。前に病室でケンカになったことがある。たとえ夫が入院中でも、いつもどおりに生活してちゃんと楽しんでほしいと。

「これまでのシェフの新作もそうだよね。たとえ僕に気を遣っていたのだとしても、味に関しては何も説明してくれなかった。場合によってはそれを記録した日記帳を見せてくれてもよかったのに。だって、バースデーケーキのアルバムはちゃんと持ってきて見せてくれただろ？　二葉のケーキの記録なら僕の退屈しのぎには一番じゃないか。……案の定、この八か月、何も記録していなかったね。いや、それだけじゃない。これまでの入院中もその期間だけスパッと抜けていた。日付まで意識していないから、僕も今まで気づかなかったけど」

今日の昼間、暇を持て余した一星はケーキの記録を読み返していたらしい。

ケーキは記念日のもの、などと言う人もいるけれど、私と一星にとっては本当に身近な食べ物だったのだ。お酒を好む人が毎晩晩酌をするように。

私が黙りこんでいると、一星はさらに『青梅』の載った皿を押し出してきた。

「だから今日はちゃんと書いて。そして、これからはまた記録を増やしていこうよ、二人でさ」

怒っているかと思ったのに、一星がにこっと笑ったので安心した。

「うん。そうだね、一星。じゃあ、ちょっと待っていて」

私はスマホで写真を撮り、日記帳を開いた。一星はおとなしく待っていてくれた。そしていよいよケーキを食べる段になると、「いただきます！」と嬉しそうにフォークを握った。

青梅のケーキは絶妙な美味しさだった。

幾重にも重なった層はそれぞれ違った味わいと食感で、ホワイトチョコの層はパリッと甘く、梅ゼリーは酸味がありねっとりと濃厚、それをビスキュイ生地がしっかりと受け止めている。梅ジャムもいいアクセントになっていた。

ああ、また一星と一緒にケーキを食べることができたんだ……。

目の前の嬉しそうな顔を眺めながら、改めてじわじわと喜びがこみ上げてくる。幸せとともに嚙みしめたこの甘酸っぱい味わいを、私は一生忘れることはないだろう。

ケーキを食べ終え、キッチンで片づけをしている私に、一星が首を伸ばして話しかけてきた。

「『青梅』はシェフの新境地って感じだったね。あの人、本当に発想力が豊かだよ。先代の伝統的な洋菓子と正反対。それが混じり合ってコイズミの商品は幅広い年齢層に人気なんだ。せっかく神戸のパティスリーで腕を磨いたんだからさ、コンテストなんかにも出品して、箔(はく)を付ければいいのに」

「そんな名声、あのシェフは求めていないと思うよ」

「だけどさ、やっぱり何かを成し遂げたいって思うんじゃないかな。だって、シェフはあの店のオーナーではあるけど、築いたのは先代だもん。シェフ自身は何も残していない」

「改装したし、ケーキも焼き菓子もたくさん増やしたじゃない」

時々一星は笑顔でサラリと辛辣なことを言う。私は苦笑しながら洗い物を続けた。シェフがどんな思いを込めて店をペールピンクの壁に改装したか思い出し、ふっと笑いがこみ上げる。アルバイトの件は私の胸にしまっておこうと思った。


梅雨に入り分厚い雨雲に覆われた街は、昼間から夕方のように薄暗い。だらだらと降り続く雨に濡れたコイズミ洋菓子店は、ペールピンクの壁もくすみ、客数が少なく売れ残りが多いからと、ショーケースに並べるケーキも減らしていた。客が来なければ焼き菓子も売れない。ギフトを贈るようなイベントもない時期だから、焼き菓子の焼成も立て込んでおらず、厨房は冬の緊張感が嘘のようにのんびりとしている。

ふらりと売場に出てきたシェフは、私に並んでショーケースに頬杖をついた。

「例の予約のケーキ、お手上げ状態だよ」

シェフはため息を漏らす。よほど行き詰まっているらしい。

「いろんなテイストを入れてほしいという追加の要望があってさ。カットケーキならともかく、ホールのデコレーションケーキではなかなか難しい」

時々、お客さんにどのケーキが一番美味しいかと訊かれることがある。ショーケースに二十数種類ほど並ぶケーキはどれもそれぞれ個性があって、とても一番など決めることはできないし、味の好みにもよるだろう。ひとつずつ食べて、自分の好みを見つけるしかない。それをホールケーキにまとめろとは、何とも欲張りな注文である。

「とことんオリジナリティーにこだわるお客さんなんですね。やっぱりこのお店のことをよく知っている人なのでしょうか。それともむしろ知らないから、いろんな味を楽しみたいなんて言っているんでしょうか」

シェフは天井に視線を向けて「う〜ん」と唸った。

「そういえば、青梅のケーキ、とても美味しかったです。一星も大絶賛でした。一星が言っていましたよ。シェフのケーキは素晴らしい。コンテストに出品してみればいいのにって」

「ああ、日本ケーキショーのことか？　前も一星はそんなことを言っていたな。俺が出すとしたらグラン・ガトー部門だろうな」

「もしかして、ちょっと興味ありました？」

「君がここで働き始めた頃、みんなで見学にいっただろう。あれも一星が言い出したんだ。スタッフの親睦を深め、意欲を向上させるためにも一度は見たほうがいいってね。ケーキ好きのあいつも付いてきた」

「あれ、一星が言い出したんですか？」

日本ケーキショーは、毎年開催される洋菓子の展示会で、全国のパティシエたちのコンテストである。

デコレーションケーキ、工芸菓子、グラン・ガトー、コンフィズリーなど、数々のジャンルで日本中の洋菓子店、ホテル、製菓学校などから、洋菓子に携わる人々が腕を競い合う。それぞれの出品作品は同時に展示もされているので、広い会場にはずらりと色とりどりで繊細な作品が並び、見ているだけでも十分楽しめるし、見学にきたパティシエたちはその見事さに息を呑み、想像を超えた洋菓子の表現の豊かさに圧倒される。

調理師学校出身の私も以前からショーのことを知っていた。製菓学科の卒業展示では、精巧な飴細工やバターケーキも多かったし、最初に働いたホテルの製菓部門には、コンテストの入賞を目指すパティシエが何人もいたのだ。もちろん入賞すればホテルに箔が付くし、パティシエにとっても大きな名誉となる。

「神戸にいた頃から俺は全然興味がなかったんだ。東京に戻ってからも無縁だと思った。商店街で近所のお客さん相手に商売しているだけだからな」

「でも、変わったんですか」

「まぁな。このままでいいのかって最近よく考える。一星が病気になったからだよ。これまでの日常が突然続かなくなると思ったら、急に焦ってしまったのかもしれない。俺の親父も早くに死んでしまったし、この店を築いた親父と同じだけのことが俺にできるのかとか、とにかく色々と考えてしまうんだ」

それからシェフは慌てて口元を押さえた。

「悪かった。俺、すごくデリカシーのないことを言った……」

私は小さく首を振った。いろんな意味で一星の病気が私たちにとって衝撃だったのは確かだ。

「いいえ。私も時々考えます。一星だってきっと考えていると思います。それにしてもあの時のケーキショー、懐かしいですね。あれで私と一星は一気に親しくなったんですもん。シェフが『人当たりした』なんて先に帰っちゃったせいですよ」

「あれは気遣いってやつだな」

「え？」

訊き返した私をスルーして、シェフは厨房へと戻っていく。

「さぁ、こういう時間を大切に使って、予約のケーキの構想を練らないと。まずは目先の問題からだ。そうだ、小森さんには飴細工の練習でもさせよう。ケーキショーに出品するならあれくらい若い子のほうがいいからな。彼女は器用だし、きっと頑張るだろう。ああ、忙しい、忙しい」


退院からあっという間に二週間が経ち、私と一星はお父さんの車で都心の病院へと向かっていた。あいにくの雨模様で、高速道路を走る車の中はシャバシャバした水音が絶えず聞こえている。

退院後、初めての診察である。それだけならいいが、入院中に撮ったＣＴの所見を聞かされるに違いない。

もしも肉腫が再発していたら。柳原先生から語られる所見を恐れる私とは正反対に、一星は久しぶりの外出にはしゃいでいた。その無邪気な笑顔が私には恐ろしい。もしも結果が良くなければ、帰りの車中では間違いなく落ち込むのだ。そんな時、私はこの笑顔を思い出して胸を締めつけられる。

「どうしたの、二葉、さっきから黙り込んで。あ、親父は、僕たちが診察室に行っている間、一階のカフェにいるといいよ。いつも空いていて、ゆっくりできるからさ」

一星は私の手をそっと握ってきた。

「心配？」

「……大丈夫だよね。退院したばっかりなんだし」

「二葉は心配性だなぁ。大丈夫だって。僕はもうずっと二葉のそばにいるよ。あんな入院はコリゴリだ」

検査結果を聞く前の私たちは決まってナイーブになっていたが、今日の一星はやけに明るい。

「そうだ。あの予約はどうなったの。そろそろでしょう」

私の気を逸らすように一星は話題を変えた。

特注のデコレーションケーキのことだ。

これまでも一星とは、「なんてわがままな客だ」「シェフを買いかぶり過ぎている」「シェフは魔法使いじゃない」「それだけ難しい注文をするくらいなら、贈られる女性はよほど魅力的な人に違いない」などと、散々な意見を言い合った。

病室でちょっとした謎を解いていた時と同じように、この予約をした客はどんな人物なのかと想像して語り合う時間は楽しかった。

「いよいよお渡しは明日だからね。シェフは今頃、休日返上で厨房に籠もって仕込んでいるはずだよ」

そこでお父さんも興味を示したので、ざっとこれまでのあらましを説明する。

お父さんはしきりと感心したように、「へぇ、そんな予約が。そんな贅沢なケーキ、ぜひとも一度食べてみたいものだね」などと答え、一星も「そういえば、義母さんへのプレゼントは決まったの？」と訊ねた。

「それは秘密だ」

お父さんが恥ずかしそうに言い、この会話のおかげで車内の張りつめた空気が少し紛れた。

「私もどんなケーキができるのかまったく聞いていないんです。ああ、ホントに明日が楽しみだなぁ。ケーキも、そのお客さんとのご対面も」

「明日か。僕も楽しみだな、二葉から話を聞くのが」

一星は目を輝かせると、私から窓の外へ視線を移した。一星は病院に着くまで、ずっと楽しそうに窓の外を眺めていた。

目の前に柳原先生がいる。いつものように快活な表情と口調だった。

すぐ横には大きく映し出された白黒のＣＴ画像。何度も見せられてきたが、今も私はどこがどうなっているのかまったく理解できない。

「ああ、やっぱり大きくなっちゃっているね」

庭の植木の成長を見守るように先生が言い、一星も「なってますか」と穏やかに答えた。

だから私は、最初は何でもないことのように錯覚してしまった。

一星は私を気遣うように診察室に入ってからずっと繋いでいた手に力を込めた。それでわかった。

一星は知っていたのだ。

すでに肉腫が再発していることを。

きっとすぐに入院して、また摘出手術になる。しかし、そうなればついこの前まで炎症を起こしていた小腸はどうなる？　今度こそ取り返しのつかない事態になりかねない。

私の体からみるみる力が抜けていった。

「大丈夫？」

気づいた時には一階のカフェにいた。

一星が温かいココアを買ってきてくれ、私の前に置いた。私はお気に入りだったテーブルにいて、壁に寄り掛かるように座っていた。まだ体の感覚を取り戻せなくて、不安定な浮遊感がある。

お父さんはいなかった。

スマホを見た一星が、「親父は車で待っているみたい」と教えてくれた。

いつもの店員さんが心配そうにチラチラと私たちのほうを見ている。私たちのような夫婦など見慣れているはずなのに、彼女の表情まで不安げなのは、一星の退院の日の私の浮かれた様子を覚えているからに違いない。

ココアからはやわらかく湯気が立ち上っていた。

甘い香りがしたが、まったく口をつけたいとは思わなかった。今の私には、ココアは湯気を上げるただの液体だ。もしかしたら禁食中の一星にも、食べ物はこんなふうに見えていたのかもしれない。

「……いつから知っていたの？」

自分でも驚くほど低い声だった。

「ごめん。驚かせちゃったよね」

「いつ？」

畳みかけるように訊ねる。

「本当にごめんね。二月の後半だったかな。とにかく小腸の手術を受ける前には知っていたよ」

だからだ。やはり先生は一刻も早く一星が食事を摂れるように回復させたかった。再発を知っていたからこそ、一星も手術を決意することができたのだ。

その頃も私は回復を待ちわび、一星を楽しませようと必死にコイズミの話を聞かせていたというのに。

「背中が痛くてね、少し予感はあったんだ。入院中も定期的にレントゲンやCTを撮っていたから、それでわかったんだよ」

平時は二か月に一度の定期検査のたびに身構えていたが、入院中は日々の診察や検査が日常となり、私はCTの結果まで把握していなかった。面会も夜が中心となれば、主治医と顔を合わせる機会もめったにない。肉腫よりも腸の穴が塞がることばかり考えていた。

「君に知らせるか悩んだよ。先生も気にしていた。でも、ただでさえ入院が長引いているのに、さらに君を悲しませたくなかったんだ。退院できたとしても検査はずっと続く。いずれわかることだ。できてしまった肉腫は消えることはない。大きくなるだけだからね。君に知らせるのはその時でいいと僕は決めた」

「どうして再発するの？　ごはんも食べていなかったのに。なんで大きくなっちゃうの？　一星はどんどん痩せていくのに、そんなのおかしいじゃない」

知らせてくれなかったこともショックだったが、それ以上に再発への怒りが大きかった。

「僕だってわからないよ。僕にもどうしようもない。自分の体なのに、本当にどうしようもないんだ。ごめんね、二葉」

そんなふうに謝らないでほしかった。一星を責めているのではない。ただ、その怒りのやり場がわからないだけなのだ。一人で抱え込んだ一星もどれだけ悩み、心細い思いをしただろうか。ここ数か月の一星の気持ちを思うと胸が張り裂けそうだった。

私はそっと手を伸ばして一星の背中に触れた。「ずっと痛かったの……？」

「うん。痛み止めをもらって飲んでいた。もっとひどくなったら、医療用麻薬を使うようになるんだって」

「……でも、どういうこと？　再発がわかっているのに退院なんて、先生は何を考え

ている の？　二人でどんな話をしたの？」
私は一星の背中をさすりながら訊ねた。くっきりと背骨の固さが手に伝わってくる。
退院してケーキまで食べているというのに、一星の体重はほとんど増えていない。
これまでは再発が見つかるたびに、先生は有無を言わさず手術の日程を決めていっ
た。手術が遅れれば遅れるほど、大きくなった肉腫の摘出が困難になるからだろう。
一星の答えはもう決まっている気がした。
入院中、考える時間はいくらでもあった。
だからこそ、今日まで私には伝えなかったに違いないのだ。
「もう手術はしないよ。言ったよね、このまま二葉のそばにいたいんだ」
車の中で何気なく聞いた言葉が覚悟の上のものだとわかると、苦しくて涙が滲んだ。
「……今回の入院で二葉もわかったでしょう。手術はリスクが大きいんだってさ。肉
腫が取れたとしても他の場所にダメージが残る。もう十分だよね。二葉、僕、六回も
手術をしたんだ」
さっきまで私を気遣うように微笑んでいた一星の目にみるみる涙が盛り上がった。
溢れそうな涙をたたえた目で、まっすぐに私を見つめている。
「もう、いいよね？」

元のお客さんに喜ばれる店をやっていくのもいいと思えたんだ。何せ、自分の店は何でもやり放題だしね」

シェフは丁寧にリボンをかける。繊細なケーキが入った箱をわずかに持ち上げ、するりと下にリボンを通す。

その様子を眺めながら一星が言った。

「この前、電話でも話しましたけど、やっぱりコンクールに出てほしいな。今日のケーキを見て確信しました。やっぱり挑戦してみるべきだって。先代のケーキみたいにお客さんの心を打つデコレーションが絶対にできるはずです。味は僕たちのお墨付きだ。たとえ入選しなくたって思い出ができる」

まだ食べていないけれど、先ほどのケーキは、以前ケーキショーでうっとりと眺めたグラン・ガトーのどんなケーキにも遜色ない。

「この歳で？」

「いくつになっても挑戦できる。人はいつでも変われる。自分さえそう信じていれば。僕はそう思うんです」

私も今から変われるのだろうか。一星と自分の運命を受け止め、前を向いて歩いていけるように。

　その夜、私はコーヒーを淹れ、ケーキにナイフを入れた。二人で味わって、私たちだけの思い出にしたかった。なぜならこのケーキには私たちのコイズミの日々が、病院での時間が、たっぷりと詰まっている。

「このマカロンはコーヒー味のガナッシュだ」

　一星は半分かじったマカロンを私に差し出し、私は口を開けてそれを受け取った。ほろっと崩れたマカロンからは芳醇な香りがした。

「そしてこっちはラムレーズン入りのバタークリームが挟まっている。上のマカロンだけでも詰め合わせて販売してほしいよ」

　一星はひと口食べるごとに感激のため息をつく。

　夢のようだ。一星の入院中、何度こういう場面を思い浮かべたことか。

　ケーキの土台のほうも、いったい何層のフレーバーが重ねてあるのかわからない。アールグレイの香りを感じたと思ったら、キャラメルのほろ苦さが来て、オレンジの甘酸っぱさが香る。それぞれ違う甘さの多重構造、そして程よく舌を刺激する酸味や苦み。それらが程よく調和を成し、口の中で濃厚にとろける。

　私は出会ってからの一星と自分を思い浮かべた。たくさんの喜び、楽しみがあり、病気を告げられてからも、不安な日々の中でさえいくつもの笑いがあった。

「一筋縄じゃいかないね」

　思わず呟くと、一星も言った。

「こう複雑だと、二葉もケーキ日記にどう記録したらいいかわからないね。難しいでしょ」

「うん。日記帳見開き一ページってところかな。いや、それでも足りないかも」

　私は書きかけの日記帳を開いた。

「二葉」

　一星は凭れていた大きなクッションの下から紙袋を引っ張り出した。両手で私に差し出す。

「まだプレゼントがあるの？」

「開けてみて」

　開ける前から中身がわかった。この大きさ、ずっしりとした重さ。紛れもなく日記帳だ。

　現れたのは、私のものとは色味は違うが、同じマーブル柄の日記帳だった。

「僕たちが診察室にいる間、親父に買ってきてもらったんだ。二葉の日記帳の写真を送って、色違いで探してって」

「嬉しい。でも、日記帳のページはまだ残っているのに……」

「二葉、まだしばらく僕はケーキが食べられるよ。そして、その後も二葉はずっとケーキを食べ続ければいい。まだまだ日記帳は必要でしょ。僕たちの、いや、二葉の記録は、いつまでも続いていくんだよ」

「一星も一緒に記録していくんだよ。ひとつでも多く……」

私はこの先もケーキに胸をときめかせる。一星と一緒に。

「これは僕たちの思い出の記録だからね。たとえ遠くに行ったとしても、僕はいつかまた二葉と出会って日記帳を見せてもらう」

目の前にいる愛しい人は、ペールピンクのマカロンを半分かじった。

「僕の知らないケーキに、二葉はこの先どれだけ出会うんだろう。僕はね、そんな日がくるのを今から楽しみにしているんだ」

差し出された半分を口で受け止める。

確かに今ここにある大好きな笑顔。それを目に焼きつけ、私は瞼を閉じた。

マカロンは口の中で儚く溶けた。

エピローグ

間もなく夏至だというのに外は土砂降りの雨で、六時半にはすでに真っ暗になった。おまけに梅雨寒のため、人気のない店内はひやりとしている。いつの間にかショーケースが結露していて、私は布巾を持って売場に回った。

かなりのケーキが残っている。今は初夏と真夏のケーキが入り混じり、開店前のショーケースは色とりどりのフルーツが飾られたケーキでとても賑やかだ。目を惹きつける華やかなケーキから先に売れていくから、この時間にはスフレチーズケーキやチョコレートケーキ、モンブラン、サバランなどの地味な定番ケーキばかりが残っていた。

でも私にはそれらのケーキがたまらなく愛しい。

なぜなら一星の好物ばかりだからだ。

「美味しいのにねぇ」

私は呟いてから立ち上がる。ショーケースを拭いた布巾はびっしょりだ。

朝から降り続いた雨のため、昼間もお客さんが少なく、棚の焼き菓子もほとんど売れていない。補充する必要もなく、私は店内をぶらりと回って賞味期限だけを確認した。

最初はクッキーくらいしか置いていなかったというコイズミ洋菓子店の焼き菓子は、今は壁に設置した棚を隠すほどに種類が多い。

「夫婦で営むケーキ屋さん……」

店内を眺めた私は、いつかのシェフの言葉を思い出してくすりと笑う。

このペールピンクの壁は桜や苺のクリーム、では、ペールピンクのワンピースを着た私は、さながらそれらの妖精だろうか。自分の思考があまりにも幼稚で吹き出しそうになった。いや、一星なら間違いなく吹き出していた。

ずっと昔、一星がここでアルバイトをしていた頃、やはりシェフからそんな話を聞いたのかもしれない。だから、何度もシェフに彼女はできたかと訊いてきたのだ。

私はそっと口元を押さえた。不思議だ。一星のことを思い出すといつも笑ってしまう。

それは一星がどんな時でも私を笑わそうとしていたためで、一人になってからも一星なら絶対にこう言って笑わそうとしたはずだ、などと考えて笑ってしまう。

一星のいない生活にもだいぶ慣れた。

でも、やっぱり一人よりも二人で笑うほうが楽しい。一星の声を聞きたい。

そう思うたびに今も悲しくて涙が浮かぶけれど、一星を思う悲しさは愛しさに似ていて、一星が息をしなくなった時の悲しみとは全然違う。

これがやっぱり慣れたということなのだろうか。

一星は八か月の入院生活を終えて自宅に戻ってから、一年と少しの間、私のそばにいてくれた。

本当はもっと長く一緒にいたかった。

犬のおばあさん夫婦の歳になるまで二人で暮らし、仲良く昔のことを振り返りたかった。

でも。

私はコイズミ洋菓子店のペールピンクの店内を見回す。

一星が覗き込んだショーケース。

どれを買おうか迷いながら何度も行き来した焼き菓子の棚。

シェフを探して首を伸ばした厨房。

そして、閉店間際にちょっと照れたような笑顔で開けるペールピンクの扉。私に向ける笑顔も、ケーキを選ぶ真剣な顔も、私を笑わそうとおどける顔も、まるで写真のように私の記憶に焼きついている。

コイズミだけではない。足取り重く通った病院だって同じだ。

喜ぶ一星、心配そうな一星、泣きじゃくる一星、その時の体温と手触り、匂い。

九年間しか一緒に過ごしていないのに、こんなにもたくさんのものを私の中に刻み込んでいってしまった。私の人生の中に、これほど密度の濃い時間はなかった。

おじいさんとおばあさんにならなくても、こんなに一星との思い出がある。記憶は時間の長さに比例するものじゃない。一瞬、一瞬の鮮烈な思いが、私の心に、体の芯に刻みつけられている。

私はかつてのようにコイズミ洋菓子店で閉店時間まで働いている。

私に代わって夜の売場を引き受けてくれていた甘池さんは製菓学校を卒業し、自由が丘のパティスリーのパティシエになった。日本ケーキショーで毎年何人も入賞者を出す技術も確かなパティスリーだから、きっと甘池さんもいずれは自分の作品を出品するのではないだろうか。

そう、日本ケーキショーだ。小泉シェフはどうするのだろう。

私は厨房の奥を窺った。

厨房は一日の終わりの仕事に取り掛かっている。明日の朝一番で仕上げる『コイズミ純白ロール』の生地の焼成である。一晩冷ましてしっとりさせた生地で、翌朝ホイップした生クリームを包むのだ。

そろそろだ。この時間になるとシェフはふらりと売場に出てくる。朝、一緒にショーケースを確認するのと同じように、最後も一緒にショーケースを覗き、その日の売れ具合を確かめる。

「うわ、土砂降りだな」

シェフはうんざりしたような声で言った。歩道に面したガラス壁は雨のしぶきが飛び散り、通りを行きかう車のライトを反射している。

「かなり残ったね。朝から仕上げの量を減らしたのに」

そしてチラリと私を見た。

「一星でもいればな」

私は淡く微笑んだ。今も笑顔は得意ではないけれど、一星のことを思うと自然と口元がほころぶ。

私たちは揃ってペールピンクの扉を見つめた。

かつてそれが癖だったように、今も私たちはこの時間になると扉を眺める。

閉店間際、決まって訪れた人を待ちわびるように。

「シェフ、ケーキショーの出品申し込み、締め切りは今月末ですよね」

「どうしようかねぇ」

シェフはのんびりと答え、扉から私に視線を移した。

「もう決めているくせに。知っていますよ、色々と試作しているの」

「若手に交じって出品するのも気が引けるが、悔いを残さないようにしたいしね。一度くらいチャレンジしてみるか。……本当に今さらだけどな」

神戸にいた頃、シェフは出品する先輩たちを冷ややかに見つめていたのだ。

「何だってやってみたほうがいいですよね。やりたいことがあるなら」

「そうだな、生きていれば何だってできるんだから。河合さんも似合っているよ」

シェフはそう言うと、私の顔からペールピンクのワンピースへと視線を移動させる。

「……私も、意外でした」

一星がいなくなって一年。それが私にとっての区切りだった。

喪が明けたかのように、私は黒いワンピースをやめた。一星への思いは変わらない。

けれど、まだ私は変わりたいと思った。

その時、入口で音がした。

私とシェフは反射的にペールピンクの扉に顔を向けた。

土砂降りの閉店間際。こんな夜はもう客などこないと思っていた。

私たちはじっと扉を見つめていた。

外で傘を閉じる気配がする。

姿を見せたのは、真っ赤なレインコートを着た小さな人影だった。傘を軒下のスタンドに立てた男の人も続いて入ってくる。

「真紘ちゃん、いらっしゃい」

私はにっこり微笑んだ。あれから時々、おばあさんやお父さんとケーキを買いにきてくれるようになった。一星と彼女の「におい」を探したあの頃よりもずいぶん背が伸びた。

予期せぬ来客に厨房に逃れようとするシェフの腕を、私はぎゅっとつかんだ。観念したようにシェフは情けない顔をした。

真紘ちゃんはぽかんと私を見上げた。

彼女がこの制服を着た私を見るのは初めてかもしれない。

か」

「そろそろクレーム・ブリュレが出たのではないかと寄ったのですけど、ありますか」

「ありがとう。真紘ちゃんも赤いレインコートが素敵よ」

かがみ込んで笑いながら、私は胸に溢れてくる思いを必死に抑えた。

「かわいい！　お姉ちゃん、お姫様みたい！」

真紘ちゃんのお父さんが訊ねた。

「ございます。ちょうど今朝からショーケースに並んだんですよ」

私は立ち上がって微笑んだ。

銀のトレイにクレーム・ブリュレを三個並べ、シェフにカラメリゼをお願いする。

「かしこまりました」

バーナーを構えるシェフを、真紘ちゃんもお父さんも真剣に見つめていた。

ボウッとガスバーナーが青い炎を吹き出す。雨音の響く店内はしだいに甘くほろ苦い香りに包まれていく。真剣だった二人の表情が、ブリュレの上のカソナードのようにやわらかくとろけた。

どこか懐かしい香りは、わずかな時間店内を満たし、やがて消える。

刹那の儚い香りは、永遠に心に刻まれた愛しい香りを思い出させた。

―――本書のプロフィール―――

本書は、小学館文庫のために書き下ろされた作品です。

小学館文庫

私が愛した余命探偵

著者　長月天音

二〇二四年二月十一日　初版第一刷発行

発行人　庄野　樹
発行所　株式会社　小学館
〒一〇一-八〇〇一
東京都千代田区一ッ橋二-三-一
電話　編集〇三-三二三〇-五九五九
販売〇三-五二八一-三五五五
印刷所 ── 中央精版印刷株式会社

この文庫の詳しい内容はインターネットで24時間ご覧になれます。
小学館公式ホームページ　https://www.shogakukan.co.jp

ISBN978-4-09-407331-7